Der Liebesteufel

Jaques Cazotte

Impressum

Autor: Jaques Cazotte
Übersetzung: Eduard von Bülow
Umschlagkonzept: toepferschumann, Berlin

Verlag: tredition GmbH, Hamburg
ISBN: 978-3-8424-0409-0
Printed in Germany

Tucholsky Wagner Zola Scott Sydow Freud Schlegel
Turgenev Wallace Fonatne
Twain Walther von der Vogelweide Fouqué Friedrich II. von Preußen
Weber Freiligrath Frey
Fechner Fichte Weiße Rose von Fallersleben Kant Ernst Richthofen Frommel
Engels Fielding Hölderlin
Fehrs Faber Flaubert Eichendorff Tacitus Dumas
Eliasberg Ebner Eschenbach
Feuerbach Maximilian I. von Habsburg Fock Eliot Zweig Vergil
Ewald
Goethe Elisabeth von Österreich London
Mendelssohn Balzac Shakespeare Dostojewski Ganghofer
Lichtenberg Rathenau
Trackl Stevenson Doyle Gjellerup
Mommsen Thoma Tolstoi Hambruch
Lenz Droste-Hülshoff
Dach Verne von Arnim Hägele Hanrieder
Reuter Hauff Humboldt
Karrillon Garschin Rousseau Hagen Hauptmann Gautier
Damaschke Defoe Hebbel Baudelaire
Descartes
Wolfram von Eschenbach Hegel Kussmaul Herder
Darwin Dickens Schopenhauer
Bronner Melville Grimm Jerome Rilke George
Campe Horváth Aristoteles Bebel Proust
Bismarck Vigny Barlach Voltaire Federer Herodot
Gengenbach Heine
Storm Casanova Tersteegen Grillparzer Georgy
Chamberlain Lessing Langbein Gilm
Brentano Lafontaine Gryphius
Strachwitz Claudius Schiller Kralik Iffland Sokrates
Katharina II. von Rußland Bellamy Schilling
Gerstäcker Raabe Gibbon Tschechow
Löns Hesse Hoffmann Gogol Wilde Vulpius
Luther Heym Hofmannsthal Klee Hölty Morgenstern Gleim
Roth Heyse Klopstock Goedicke
Luxemburg Puschkin Homer Kleist
La Roche Horaz Mörike Musil
Machiavelli Kierkegaard Kraft Kraus
Navarra Aurel Musset
Nestroy Marie de France Lamprecht Kind Kirchhoff Hugo Moltke
Laotse Ipsen Liebknecht
Nietzsche Nansen Ringelnatz
Marx Lassalle Gorki Klett
von Ossietzky Leibniz
May vom Stein Lawrence Irving
Petalozzi Knigge
Platon Pückler Michelangelo Kock Kafka
Sachs Poe Liebermann Korolenko
de Sade Praetorius Mistral Zetkin

Der Verlag tradition aus Hamburg veröffentlicht in der Reihe **TREDITION CLASSICS** Werke aus mehr als zwei Jahrtausenden. Diese waren zu einem Großteil vergriffen oder nur noch antiquarisch erhältlich.

Symbolfigur für **TREDITION CLASSICS** ist Johannes Gutenberg (1400 — 1468), der Erfinder des Buchdrucks mit Metalllettern und der Druckerpresse.

Mit der Buchreihe **TREDITION CLASSICS** verfolgt tradition das Ziel, tausende Klassiker der Weltliteratur verschiedener Sprachen wieder als gedruckte Bücher aufzulegen – und das weltweit!

Die Buchreihe dient zur Bewahrung der Literatur und Förderung der Kultur. Sie trägt so dazu bei, dass viele tausend Werke nicht in Vergessenheit geraten.

Der Liebesteufel

Ich war fünfundzwanzig Jahre alt, Hauptmann in der Garde des Königs von Neapel. Wir lebten miteinander als gute Kameraden und wie junge Leute, das heißt mit Weibern und vom Spiel, solange das Geld reichte, und saßen philosophierend in unsern Quartieren, wenn wir nichts Besseres zu tun wußten.

Eines Abends, als wir uns bei einer Flasche Cyperwein und einer Schüssel gerösteten Maronen über mancherlei Dinge müde geschwätzt hatten, kam das Gespräch auf die Kabbala und die Kabbalisten.

Einer behauptete, sie sei eine wohlgegründete Wissenschaft; vier der Jüngsten wandten dagegen ein, sie sei eine Anhäufung von Albernheiten, eine Quelle von Spitzbübereien, und nur dazu da, leichtgläubige Leute zu betören und Kinder zu vergnügen.

Der älteste von uns, ein geborener Flamländer, rauchte seine Pfeife und sprach kein Wort. Seine Gleichgültigkeit und sein zerstreutes Wesen fielen mir mitten in dem Gelärm, das uns betäubte, auf und hielten mich ab, an einer Unterhaltung teilzunehmen, in der zu wenig Sinn war, um mich zu fesseln. Wir befanden uns im Zimmer des Rauchers, die Nacht rückte vor, man ging auseinander; wir beide blieben allein zurück, mein älterer Kamerad und ich.

Er rauchte phlegmatisch weiter, ich blieb stumm, die Ellbogen auf den Tisch gestemmt, sitzen. Schließlich brach mein Gegenüber das Stillschweigen.

›Junger Mann,‹ sagte er, ›Sie haben da viel Geschrei mit angehört. Warum haben Sie an dem Streite nicht teilgenommen?‹

›Ich schweige lieber still,‹antwortete ich, ›als daß ich einer Sache beistimme oder widerspreche, die ich nicht kenne. Ich weiß nicht einmal, was das Wort Kabbala besagen will.‹

›Es hat verschiedene Bedeutungen,‹ sprach er, ›aber darauf kommt es hier nicht an; es handelt sich hier um die Sache selbst. Glauben Sie, daß es eine Wissenschaft gibt, die Metalle verwandeln und Geister befehlen lehrt?‹

›Ich weiß nichts von Geistern, nicht einmal etwas von meinem eigenen, außer daß er da ist. Was die Metalle anbelangt, so weiß ich, wieviel ein Karolin im Spiele, im Wirtshause und anderswo gilt. Aber im übrigen weiß ich weder von diesen noch von jenen etwas.‹

›Mein lieber Waffenbruder! Ihre Unwissenheit ist besser als das Wissen der andern. Sie sind wenigstens in keinem Irrtum befangen, und was Sie noch nicht wissen, das können Sie noch lernen. Ihre Natur und Ihr Freimut gefallen mir. Ich weiß etwas mehr als gewöhnliche Menschen. Geben Sie mir Ihr Ehrenwort, das Geheimnis zu wahren, und versprechen Sie mir, sich klug zu benehmen, so sollen Sie mein Schüler sein.‹

›Was Sie mir da sagen, mein lieber Soberano, ist mir sehr angenehm. Die Neugier ist meine stärkste Leidenschaft. Ich gestehe Ihnen, ich trage kein heftiges Verlangen nach alltäglichen Kenntnissen, die sind mir immer zu beschränkt vorgekommen, und ich ahne etwas von der höheren Sphäre, in die Sie mich einführen wollen. Wie aber erschließt man sich die Wissenschaft, die Sie nannten? Nach dem, was unsere Kameraden sagten, sind es die Geister selbst, die uns belehren: kann man in Verbindung mit ihnen treten?«

»Sie haben es erraten Alvaro! Von sich selbst aus lernt man nichts. Daß eine Verbindung mit ihnen möglich ist, davon will ich Ihnen einen unwiderleglichen Beweis geben.«

Kaum hatte er dies gesprochen und seine Pfeife zu Ende geraucht, so klopft er damit dreimal an, um die Asche auszuschütten, die darin war, legt sie dicht neben mich auf den Tisch und sagt mit erhobener Stimme:»Calderon, hol meine Pfeife; stopfe sie, zünde sie mir an, und bring sie mir dann wieder!«

Er hatte kaum den Befehl gegeben, so sah ich die Pfeife verschwinden, und ehe ich mich besinnen oder fragen konnte, wer jener Calderon sei, dem er seinen Auftrag erteilte, war die brennende Pfeife schon wieder da, und mein Kamerad rauchte von neuem.«

Er tat noch ein paar Züge, weniger um den Tabak zu schmecken, als um sich an dem Erstaunen zu weiden, das er bei mir erregte. Dann stand er auf und sagte:»Ich habe morgen die Wache, ich muß ausruhen. Gehen Sie schlafen. Seien Sie klug, wir werden uns wiedersehen!«

Ich verließ ihn, neugierig und nach den Enthüllungen lüstern, die Soberano mir versprochen und durch die ich mein Wissen zu bereichern hoffte. Ich sah ihn am andern Morgen und die folgenden Tage, ich kannte keine andere Leidenschaft mehr, ich ward sein Schatten.

Ich stellte ihm tausend Fragen; er wich den einen aus und beantwortete die andern wie ein Orakel. Schließlich befragte ich ihn nach seiner Religion. »Es ist die natürliche,« antwortete er. Wir gingen auf Einzelheiten näher ein. Seine Meinungen stimmten mehr mit meinen Neigungen als mit meinen Grundsätzen zusammen; aber ich wollte zum Ziele kommen und durfte ihm keine Schwierigkeiten machen.

»Sie gebieten den Geistern,« sagte ich zu ihm; »auch ich will mit ihnen in Verbindung treten; ja, ich will es in der Tat!«

»Sie sind zu ungestüm, Kamerad, Sie haben ihre Probezeit noch nicht überstanden; Sie haben keine der Bedingungen erfüllt, unter denen man furchtlos sich diesen erhabenen Wesen nähern darf ...«

»Braucht es noch viel Zeit bis dahin?«

»Vielleicht zwei Jahre ...«

»Dann gebe ich es auf,« rief ich, »denn ich würde bis dahin vor Ungeduld sterben. Sie sind grausam, Soberano. Sie können sich von dem lebhaften Verlangen, das Sie in mir erweckt haben, keine Vorstellung machen. Es verzehrt mich ...«

»Junger Mann, ich traute Ihnen mehr Klugheit zu. Sie lassen mich für Sie selbst wie für mich zittern. Was! Sie wollten es wagen, ohne irgendeine Vorbereitung Geister zu beschwören?«

»Nun, was könnte mir wohl dabei zustoßen? ...«

»Es muß nicht unbedingt ein Unglück daraus entstehen. Haben die Geister Gewalt über uns, so ist es unsere Schwäche, unser Kleinmut, der sie ihnen gibt, im Grunde sind wir geboren, sie zu beherrschen.«

»Nun, ich will über sie herrschen!«

»Ja, Sie haben Mut genug; aber wenn Sie den Kopf darüber verlieren? Wenn der Schrecken Sie erfaßt?«

»Kommt es nur darauf an, sie nicht zu fürchten, so fordere ich sie heraus, mich zu schrecken ...«

»Wie aber, wenn Sie nun den Teufel selbst sähen? ...«

»Ich wollte den Teufel selbst bei den Ohren packen!«

»Bravo! Sind Sie Ihrer selbst so sicher, so dürfen Sie sich der Gefahr aussetzen. Ich verspreche Ihnen meinen Beistand. Nächsten Freitag essen Sie mit zwei unserer Eingeweihten bei mir, da wollen wir die Sache ins Werk setzen.‹

Es war erst Dienstag. Keine Schäferstunde wurde je mit solcher Ungeduld erwartet. Endlich kam die Zeit. Ich traf bei meinem Kameraden zwei Männer, deren Gesichter nicht eben vertrauenerweckend waren. Wir speisten. Die Unterhaltung drehte sich um gleichgültige Dinge.

Nach Tisch schlug man einen Spaziergang nach den Ruinen von Portici vor. Wir machten uns auf den Weg und kamen an unser Ziel. Diese Überreste der ehrwürdigsten Denkmäler, eingesunken, zertrümmert, verstreut, von Dornen überwachsen, erregten gewaltig meine Einbildungskraft und erweckten in mir ungewöhnliche Gedanken. ›Siehe da!‹ sagte ich, ›die Gewalt der Zeit über die Werke menschlichen Stolzes und Fleißes.‹ Wir schritten durch die Ruinen und gelangten in halber Finsternis, uns über Trümmer hinwegtastend, an einen düsteren Ort, in den von außen nicht das mindeste Licht dringen konnte.

Mein Kamerad führte mich am Arm. Plötzlich hielt er inne und stand still. Einer von der Gesellschaft schlug Feuer und zündete eine Kerze an. Der Raum, in dem wir uns befanden, erhellte sich schwach und ich entdeckte, daß wir uns in einem ziemlich wohlerhaltenen Gewölbe befanden, das zwanzig Fuß im Umkreis maß und vier Ausgänge besaß. Wir beobachteten das tiefste Stillschweigen. Soberano beschrieb mit dem Rohr, auf das er sich im Gehen gestützt hatte, rings um sich einen Kreis in den Sand, der den Fußboden bedeckte, und trat hinaus, nachdem er seine Charaktere hinzugezeichnet hatte. ›Stellen Sie sich in diesen Kreis, junger Held!‹ sagte er zu mir, ›und verlassen Sie ihn nur bei guten Zeichen!‹

›Erklären Sie sich deutlicher! Welche Zeichen nennen Sie gute?‹

›Wenn alles Ihnen unterworfen ist! Läßt die Furcht Sie vorzeitig einen falschen Schritt tun, so könnten Sie die größte Gefahr laufen.‹

Hierauf gab er mir eine kurze, eindringliche Beschwörungsformel, die einige Worte enthielt, die mir immer unvergeßlich bleiben werden. ›Sprechen Sie diese Beschwörung mit aller Festigkeit,‹ sagte er, ›und rufen Sie alsdann dreimal laut Beelzebub; vergessen Sie aber nicht, was Sie mir versprochen haben zu tun.‹

Ich erinnerte mich, daß ich mich gerühmt hatte, ihn bei den Ohren zu packen. ›Ich werde Wort halten,‹ sagte ich, weil ich mich nicht wollte Lügen strafen lassen. ›Wir wünschen Ihnen den besten Erfolg,‹ sagte er; ›Sie werden uns rufen, wenn Sie fertig sind. Sie finden dort Ihnen gegenüber die Türe, die Sie wieder zu uns führt.‹ Hierauf ließen sie mich allein.

Kein Prahlhans konnte je in einer schlimmeren Lage sein. Ich war nahe daran, sie zurückzurufen; aber die Schande wäre zu groß gewesen. Ich hielt stand und besann mich einen Augenblick. ›Man hat mich einschüchtern wollen,‹ sagte ich mir, ›man will sehen, ob ich kleinmütig bin. Meine Gefährten sind nur zwei Schritte weit von mir, und auf meine Beschwörung hin habe ich zu erwarten, daß sie versuchen werden, mir Furcht einzujagen. Nur Mut, damit der Spott auf die Spaßmacher selbst zurückfällt!‹

Diese Überlegung währte nicht lange, wurde aber dennoch ein wenig durch das Geschrei der Nachteulen und Fledermäuse gestört, die in der Umgebung und im Innern der Höhle selbst hausten.

Etwas kühner geworden, stelle ich mich fest auf die Beine, spreche die Beschwörung mit heller, sicherer Stimme und rufe dreimal rasch nacheinander mit erhobenem Tone: Beelzebub!

Ein Schauder durchrieselte meine Adern, meine Haare sträubten sich. Kaum hatte ich geendigt, so schlugen mir gegenüber in der oberen Wölbung die beiden Flügel eines Fensters weit auseinander. Ein Lichtstrom, blendender als Tageslicht, brach durch die Öffnung herein; ein Kamelkopf, ebenso widerlich in seiner Dicke, als scheußlich in seiner Form, mit übermäßig langen Ohren, erschien am Fenster. Das häßliche Gespenst sperrte den Rachen auf und erwidert mir mit einer seiner sonstigen Erscheinung entsprechenden Stimme: ›Che vuoi?‹

Alle Gewölbe über und unter der Erde und in der Runde wetteiferten, dieses entsetzliche ›Che vuoi?‹ im Nachhall zu wiederholen.

Ich kann meine Lage nicht schildern; ich kann nicht sagen, was mir den Mut erhielt und mich hinderte, beim Anblick dieses Bildes, bei dem noch furchtbareren Getöse, das an mein Ohr schlug, ohnmächtig zu Boden zu stürzen.

Ich empfand die Notwendigkeit, alle meine Kraft zusammenzunehmen. Kalter Angstschweiß drohte sie zu vernichten. Ich tat mein Äußerstes. Unsere Seele muß wohl sehr groß sein und eine ungeheure Schwungkraft haben! Eine Masse von Gefühlen, Gedanken, Betrachtungen wurden in meinem Herzen rege, schossen durch meinen Geist, drangen auf mich ein. Eine Wandlung ging in mir vor, ich bemeisterte mein Entsetzen. Unerschrocken schaue ich das Gespenst an.

›Wie wagst du es, Verwegener, mir in solch abscheulicher Gestalt zu erscheinen?!‹

Das Gespenst zauderte einen Augenblick. ›Du hast mich verlangt‹ sagte es mit gedämpfter Stimme.

›Darf der Sklave sich vermessen,‹ fragte ich, ›seinen Gebieter zu schrecken? Kommst du, meine Befehle zu empfangen, so wähle eine schickliche Gestalt und nimm einen demütigen Ton an!‹

›Meister!‹ sprach das Gespenst, ›in welcher Gestalt soll ich mich dir zeigen, um dir angenehm zu sein?‹

Das nächste, woran ich dachte, war ein Hund, und ich sagte daher: ›Komm als ein Wachtelhündchen!‹ Ich hatte kaum den Befehl erteilt, so reckte das fürchterliche Kamel den Hals bis zu einer Länge von sechzehn Fuß und warf einen kleinen weißen Wachtelhund mit feinen glänzenden Haaren und langhängenden Ohren aus.

Das Fenster hatte sich wieder geschlossen, jede andere Erscheinung war verschwunden, und es blieb in dem notdürftig erleuchteten Gewölbe nur der Hund und ich. Er lief mit dem Schwanze wedelnd rings um den Kreis herum und machte tausend Sprünge. ›Herr,‹ sagte er, ›ich möchte Euch gern die Fußspitzen lecken; aber der furchtbare Zirkel, der Euch umgibt, hält mich zurück.‹

Mein Zutrauen hatte sich bis zur Verwegenheit gesteigert. Ich trete aus dem Kreis, halte den Fuß hin, der Hund leckt ihn; ich mache eine Bewegung, um ihn an den Ohren zu fassen, er legt sich auf den Rücken, als ob er um Gnade bäte. Ich sah, daß es ein Weibchen war. ›Steh auf,‹ sagte ich, ›ich verzeihe dir. Du siehst, ich bin in Gesellschaft. Die Herren warten nicht weit von hier; sie werden müde vom Gehen sein. Ich will Ihnen eine Erfrischung reichen; eingemachte Früchte, Eis, griechischen Wein, alles wohl angeordnet; der Raum muß nicht prunkhaft, aber anständig ausgeschmückt und erleuchtet sein. Gegen Ende des Mahles erscheinst du als Sängerin ersten Ranges mit einer Harfe; ich werde dir ein Zeichen geben, wann du erscheinen sollst. Spiele deine Rolle aber gut, singe mit Ausdruck und zeige dich sittsam und voll Anstand!‹

›Ich werde gehorchen, Meister; aber unter welcher Bedingung?‹

›Unter der Bedingung, gehorsam zu sein, Sklave! Widersprich mir nicht, sonst ...‹

›Ihr kennt mich nicht, Meister, sonst würdet Ihr nicht so schroff mit mir verfahren. Meine Bedingung wird sein, Euch zu besänftigen und Euch zu gefallen.‹

Die Worte waren kaum verklungen, so sah ich auch schon schneller, als in der Oper eine Verwandlung geschieht, meine Befehle vollzogen. Die eben noch schwärzlichen, feuchten, moosbedeckten Mauern des Gewölbes nahmen eine anmutigere Färbung und Form an und es entstand ein Saal von Jaspis, dessen Decke von Säulen getragen wurde. Acht kristallene Armleuchter, jeder mit drei Kerzen, verbreiteten gleichmäßig eine lebhafte Helligkeit.

Im nächsten Augenblick erschienen Tafel und Schenktisch, bedeckt mit allen Erfordernissen unseres Mahles. Früchte und Backwerk waren auf das köstlichste und schmackhafteste zubereitet. Das Geschirr, von dem wir speisten, war japanisches Porzellan. Das Hündchen lief im Saale hin und her, machte tausend Sprünge um mich herum, als wolle es das Werk beschleunigen und mich fragen, ob ich zufrieden sei.

›Sehr gut so, Biondetta,‹ sagte ich zu ihm, ›zieh nun Livree an und melde den Herren, daß ich sie zu einem kleinen Imbiß erwarte.‹

Kaum habe ich einen Augenblick die Augen abgewandt, so sehe ich einen zierlich in meine Farben gekleideten Pagen mit brennender Fackel in der Hand hinausgehen, der bald darauf meinen Kameraden, den Flamländer, und seine beiden Freunde hereinführt.

Durch die Ankunft und Einladung des Pagen zwar schon auf etwas Außerordentliches vorbereitet, erwarteten sie doch nicht eine solche Veränderung des Ortes, an dem sie mich verlassen hatten. Hätte ich nicht den Kopf voll anderer Dinge gehabt, würde mich ihr Erstaunen ergötzt haben; es machte sich in Ausrufen Luft und äußerte sich durch das Spiel ihrer Mienen und durch ihre Gebärden.

›Meine Herren,‹ sagte ich, ›Sie haben meinetwegen einen weiten Weg gemacht, und wir haben noch weit bis nach Neapel zurück. Ich habe daher gedacht, diese kleine Erfrischung dürfte Ihnen nicht unerwünscht sein. Doch bitte ich um Nachsicht dafür, daß die Auswahl nicht sorgfältiger und reicher ist, aber nehmen Sie damit, als mit einer Improvisation, vorlieb!‹

Meine Unbefangenheit verwirrte sie noch mehr, als die Veränderung des Schauplatzes und der Anblick des köstlichen Mahles, zu dem sie sich eingeladen sahen. Ich bemerkte das und beschloß, ein Abenteuer, dem ich innerlich mißtraute, zwar bald zu beendigen, aber doch zuvor seine Reize auszukosten, so gut ich konnte, und ich zwang mich, noch heiterer zu scheinen als ich in Wirklichkeit war.

Ich nötigte sie, an der Tafel Platz zu nehmen, und der Page rückte mit bewundernswürdiger Geschwindigkeit die Stühle zurecht. Wir hatten uns gesetzt; ich hatte die Gläser gefüllt, Früchte herumgereicht. Aber ich allein plaudere und esse; die andern saßen starr da und gafften. Ich munterte sie auf, die Früchte zu kosten. Meine Sicherheit belebte sie endlich wieder. Ich trank auf die Gesundheit des schönsten Mädchens von Neapel und wir stießen an. Ich erzählte von einer neuen Oper, von einer kürzlich aus Rom angekommenen Improvisatorin, deren Talente bei Hofe Aufsehen erregen, ich komme auf die schönen Künste, auf Musik und Bildhauerei zu sprechen, und nehme Gelegenheit, die Schönheit einiger Marmorsäulen, die den Saal schmückten, zu rühmen. Eine Flasche wird leer und durch eine volle bessere ersetzt. Der Page bietet alle Geschicklichkeit auf und vernachlässigt seinen Dienst keinen Augenblick.

Ich warf einen verstohlenen Blick auf ihn. Er erschien mir wie der Gott der Liebe. Auch die Genossen meines Abenteuers streiften ihn mit Blicken, in denen sich Erstaunen, Freude und Unruhe spiegelten. Die Sache drohte eintönig zu werden. Ich fühlte, es sei nun an der Zeit, daß etwas Neues geschehe. – ›Biondetto,‹ rief ich, ›Signora Fiorentina hat versprochen, mir ein paar Augenblicke zu widmen; sieh zu, ob sie noch nicht angekommen ist.‹ Biondetto verließ das Gemach.

Meine Gäste fanden keine Zeit, über diesen seltsamen Auftrag zu erstaunen, denn die Türe des Salons öffnete sich und Fiorentina mit ihrer Harfe trat herein. Sie trug ein elegantes, aber dezentes Negligé, einen Reisehut und einen sehr zarten Schleier über den Augen. Sie stellte ihre Harfe neben sich und verneigte sich mit Leichtigkeit und Anmut. ›Don Alvaro,‹ sagte sie, ›ich war nicht darauf vorbereitet, Gesellschaft bei Ihnen anzutreffen, sonst würde ich nicht in diesem Anzuge erschienen sein. Die Herren werden einer Reisenden gütigst verzeihen.‹

Sie ließ sich nieder und wir boten ihr im Wetteifer miteinander das Beste unseres kleinen Mahles an, von dem sie aus Gefälligkeit einiges nahm. ›Wie, Signora,‹ sagte ich, ›Sie passieren Neapel nur und lassen sich nicht ein wenig festhalten?‹

›Ein älteres Engagement zwingt mich dazu, Signor! Man war beim letzten Karneval in Venedig voller Güte gegen mich und nahm mir das Versprechen ab, zurückzukehren. Wäre dies nicht der Fall, so würde ich weder auf die Vorteile verzichtet haben, die mir hier der Hof bietet, noch auf die Hoffnung, den Beifall des neapolitanischen Adels zu erwerben, der sich durch seinen Geschmack in ganz Italien auszeichnet.«

Die beiden Neapolitaner verbeugten sich für diesen Lobspruch: was sie erlebten, erschien ihnen so traumhaft, daß sie sich die Augen reiben mochten. Ich drang in die Virtuosin, uns eine Probe ihrer Kunst zu geben. Sie war ein wenig indisponiert und ermüdet, und sie fürchtete mit Recht, in unserer Gunst zu sinken. Endlich entschloß sie sich zu einem obligaten Rezitativ und einer pathetischen kleinen Arie, mit der der dritte Akt der Oper schloß, in der sie debütieren sollte.

Sie nahm ihre Harfe und präludierte mit einer kleinen, länglichen, weichen Hand, deren Fingerspitzen sich unmerklich rundeten und in einen zierlichen und wohlgeformten Nagel ausliefen; wir waren alle entzückt und glaubten das herrlichste Konzert zu hören.

Die Dame singt. Man kann keine schönere Stimme haben und nicht mehr Seele und Ausdruck hineinlegen, nicht mehr ergreifen und nicht weniger übertreiben. Ich war im Innersten bewegt und vergaß fast, daß ich der Schöpfer dieses Zaubers war, der mich so hinriß.

Die Sängerin richtete die zärtlichen Worte und Töne ihres Gesanges an mich. Das Feuer ihrer Blicke durchdrang den Schleier; es war von einer unbeschreiblichen Innigkeit und Süße. Ihre Augen kamen mir nicht unbekannt vor. Als ich die Gesichtszüge, soweit sie der Schleier wahrnehmen ließ, genauer betrachtete, erkannte ich in Fiorentina den Schelm Biondetto, dessen zierliche und anmutige Gestalt in den weiblichen Kleidern weit mehr als in der Pagentracht auffiel.

Als die Sängerin ihren Vortrag beendete, ergingen wir uns in verdienten Lobsprüchen. Ich suchte sie zu bewegen, uns noch ein lustiges Liedchen zu singen, um uns Gelegenheit zu geben, die Mannigfaltigkeit ihres Talents zu bewundern. ›Nein,‹ erwiderte sie, ›ich würde in der Gemütsstimmung, in der ich mich befinde, keine Ehre damit einlegen. Überdies werden Sie wohl bemerkt haben, wie sehr es mich anstrengt, Ihren Wünschen nachzukommen. Meine Stimme hat durch die Reise gelitten, sie ist rauh. Sie wissen, daß ich noch in dieser Nacht abreise. Ein Mietkutscher hat mich hierher gebracht, und ich hänge von ihm ab. Ich bitte Sie, mich gütigst entschuldigen zu wollen und mir zu gestatten, daß ich mich entferne.‹ Bei diesen Worten stand sie auf und wollte ihre Harfe nehmen; aber ich nahm sie ihr aus der Hand und brachte sie bis zur Türe, durch die sie hereingetreten war, und kehrte dann wieder zur Gesellschaft zurück.

Ich hatte Fröhlichkeit verbreiten wollen und bemerkte auf den Gesichtern meiner Gäste Zwang und Befangenheit. Ich nahm meine Zuflucht zum Cyperwein. Ich hatte ihn köstlich gefunden, er hatte mir Kräfte und Geistesgegenwart wiedergegeben. Ich verdoppelte das Maß, und als die Stunde drängte, befahl ich meinem Pagen, der seinen Platz hinter meinem Stuhl wieder eingenommen hatte, meinen Wagen vorfahren zu lassen. Biondetto ging hinaus, meine Befehle zu vollziehen.

›Sie haben einen Wagen hier?‹ fragte Soberano.

›Ja,‹ versetzte ich, ›ich habe ihn nachkommen lassen, weil ich mir dachte, es dürfte Ihnen nicht unlieb sein, auf bequeme Weise zurückzukehren, falls unsere Partie sich in die Länge ziehen sollte.‹

Ich hatte noch nicht ausgesprochen, so trat der Page mit zwei großen gewandten Lakaien herein, die auf das prächtigste in meine Farben gekleidet waren. ›Gnädiger Herr!‹ sagte Biondetto, »der Wagen hat nicht näher vorfahren können; aber er hält dicht hinter den Ruinen.«

Wir brechen auf; Biondetto und die Lakaien gehen voran, wir folgen. Da zwischen den zerbrochenen Säulenschäften nicht vier nebeneinander gehen konnten, drückte mir Soberano, der sich allein mir zur Seite befand, die Hand. »Sie geben uns ein schönes Fest, mein Freund, es wird Ihnen teuer zu stehen kommen.«

»Mein Lieber,« entgegnete ich ihm, »ich fühle mich beglückt, wenn es Ihnen gefallen hat. Ich gebe es für das, was es mich kostet.«

Wir erreichten den Wagen, und ich finde dort noch zwei Lakaien, einen Kutscher, einen Vorreiter und die bequemste Equipage, die man sich wünschen kann, zu meiner Verfügung vor. Ich nötige zum Einsteigen, und wir rollen auf der Straße nach Neapel dahin.

Unser langes Stillschweigen wurde endlich durch einen von Soberanos Freunden unterbrochen. »Ich will nicht in Ihr Geheimnis eindringen, Alvaro; aber Sie müssen sonderbare Verbindungen eingegangen sein. Sie werden da hervorragend bedient. Ich bemühe mich schon vierzig Jahre lang und habe noch nicht ein Viertel der Gefälligkeiten erlangen können, die man Ihnen an einem Abend erweist. Durften Sie doch die himmlischste Erscheinung Ihren Gast nennen, während man unsere Augen mehr betrübt, als sie so zu ergötzen. Kurz und gut, Sie wissen, woran Sie sind. Sie sind jung, in Ihrem Alter hat man zu starke Gelüste, als daß man sich Zeit lassen sollte, viel zu überlegen; man übernimmt sich leicht im Genuß.«

Bernadillo, so hieß der Mann, hörte sich gerne reden und ließ mir Zeit, über meine Antwort nachzudenken.

»Ich weiß nicht,« versetzte ich, »womit ich diese ungewöhnliche Gunst erworben habe. Doch ich vermute, sie wird nicht von Dauer sein und es wird mich dann nur trösten, daß ich sie mit guten Freunden geteilt habe.« Man sah, daß ich eine gewisse Zurückhaltung bewahrte und die Unterhaltung stockte. Indessen weckte die Stille mein Nachdenken wieder. Ich hielt mir nochmals vor, was ich getan und gesehen hatte. Ich verglich Soberanos und Bernadillos Rede und erkannte, daß ich mich in die schlimmste Angelegenheit verwickelt hatte, wozu Vorwitz und Vermessenheit meinesgleichen jemals verleiten konnten. Meine Erziehung hatte daran keine Schuld. Ich war bis in mein dreizehntes Jahr unter den Augen meines Vaters, Don Bernardo Maravillas, eines untadeligen Edelmannes, und durch meine Mutter, Donna Mencia, die frommste und achtbarste Frau Estremaduras, aufgewachsen. »Oh, meine Mutter!« sagte ich, »was würdest du von deinem Sohne denken, hättest du ihn gesehen, sähst du ihn noch jetzt? Aber es soll damit zu Ende sein, das verspreche ich mir selbst.«

Unterdessen kam der Wagen in Neapel an. Ich brachte Soberanos Freunde nach Hause und wir beide kehrten in unser Quartier zurück. Die glänzende Equipage überraschte die Wache, an der wir vorüberfuhren, aber die Anmut Biondettos, der auf dem Bocke saß, erregte noch größeres Aufsehen. Der Page schickte Wagen und Dienerschaft fort, nahm einem Lakaien eine Fackel aus der Hand und leuchtete mir auf meinem Gang durch die Kaserne zu meinem Zimmer. Mein Kammerdiener, mehr noch als die andern erstaunt, wollte mich nach dem neuen Gefolge, mit dem ich prunkte, befragen. »Es ist gut, Carlos,« sagte ich, in mein Zimmer tretend, »ich brauche dich nicht; geh schlafen, ich werde morgen mit dir reden.«

Wir sind in meinem Zimmer allein und Biondetto hat die Türe hinter mir verschlossen. Ich hatte mich inmitten der Gesellschaft, die ich soeben verlassen, und in dem lärmenden Leben der Kaserne, durch die ich gekommen war, nicht so verlegen gefühlt als jetzt.

Um dem Abenteuer ein Ende zu machen, dachte ich einen Augenblick nach. Ich blickte auf den Pagen, der seine Augen zu Boden geschlagen, dastand. Röte steigt ihm allmählich zu Gesicht, seine

Haltung verrät Verlegenheit und eine nicht geringe Gemütsbewegung. Endlich gewinne ich es über mich, ihn anzureden.

»Biondetta, du hast mich gut bedient, du hast in alles dies sogar Anmut zu legen gewußt; aber da du dich im voraus dafür bezahlt gemacht hast, so denke ich, sind wir quitt ...«

»Don Alvaro denkt zu edel, um zu glauben, daß er sich mit diesem Preise löst ...«

»Hast du etwa mehr getan, als du solltest, so sprich nur, was verlangst du noch? Aber für prompte Bezahlung kann ich nicht einstehen. Mein vierteljährlicher Sold ist verzehrt, ich habe Spielschulden, stehe beim Wirt und beim Schneider in der Kreide ...«

»Sie scherzen zur Unzeit ...«

»Nun, soll ich Ernst machen, so muß ich dich zunächst bitten, dich zu entfernen; es ist spät und ich will zu Bett gehen ...«

«Und Sie könnten unhöflich genug sein, mich zu dieser Stunde fortzuschicken? Solche Behandlung hätte ich von einem spanischen Kavalier nicht erwartet. Ihre Freunde wissen, daß ich hierher gekommen bin. Ihre Soldaten haben mich gesehen und mein Geschlecht erraten. Wäre ich eine gemeine Dirne, Sie würden mehr Rücksichten gegen mich nehmen. Ihr Betragen ist verletzend und erniedrigend für jedes weibliche Wesen.«

»Es gefällt Ihnen also jetzt, für eine Frau zu gelten, um sich Rücksichten zu sichern. Nun denn, so nehmen Sie selbst Rücksicht auf sich und vollziehen Sie Ihren Rückzug durch das Schlüsselloch, um einen Skandal zu vermeiden.«

»Wie! im Ernste, ohne zu wissen, wer ich bin? ...«

»Kann ich darüber im Zweifel sein?«

»Nein, Sie wissen es nicht, sage ich Ihnen. Sie hören nur auf Ihre Vorurteile. Aber wer ich auch immer sei, ich liege mit tränenden Augen zu Ihren Füßen und flehe zu Ihnen, als Ihr Schützling. Eine Unbesonnenheit, noch größer als die Ihrige, verzeihlich vielleicht, weil Sie der Anlaß dazu sind, hat mich heute alles wagen, alles aufopfern lassen, um Ihnen gehorsam zu sein, mich Ihnen hinzugeben und Ihnen zu folgen. Ich habe die grausamsten und unversöhnlichsten Mächte gegen mich erregt. Es bleibt mir kein Schutz als der

Ihrige, kein Zufluchtsort als Ihr Zimmer. Werden Sie ihn mir verschließen, Alvaro? Kann ein spanischer Kavalier mit dieser Härte, dieser Unwürdigkeit gegen jemand handeln, der ihm alles aufgeopfert hat, gegen eine fühlende Seele, gegen ein schwaches Wesen, das aller andern Hilfe als der seinen entblößt ist, mit einem Wort: gegen ein Weib?«

Ich wich zurück, soweit ich konnte, um mich aus der Verlegenheit zu ziehen; aber sie umfaßte meine Knie und folgte mir auf den ihrigen nach, bis ich gegen die Mauer gedrängt wurde. »Stehen Sie auf,« sagte ich zu ihr, »Sie haben mich, ohne es zu wissen, an einen Schwur gemahnt. Als meine Mutter mir meinen ersten Degen gab, ließ sie mich auf sein Heft schwören, mein ganzes Leben den Frauen zu dienen und keine zu beleidigen. Wenn dem nun heute so ist, wie ich denke ...«

»Nun denn, Grausamer, so erlauben Sie mir, gleichviel aus welchem Grunde, in Ihrem Zimmer zu schlafen.«

»Mag es, um die Seltsamkeit meines Abenteuers zu krönen, denn also sein. Nur richten Sie es so ein, daß ich von Ihnen weder etwas höre noch sehe. Beim ersten Worte, bei der ersten Bewegung, die mich beunruhigen könnte, lasse ich den Ton meiner Stimme anschwellen, um Sie meinerseits zu fragen: Che vuoi?«

Ich kehrte ihr den Rücken zu und näherte mich meinem Bette, um mich auszuziehen. »Soll ich Ihnen helfen?« fragte sie.

»Nein, ich bin Soldat, und bediene mich selbst.«

Ich lege mich nieder. Durch meine dünnen Bettvorhänge sehe ich den vermeintlichen Pagen in einem Winkel meines Zimmers sich eine alte Decke zurechtlegen, die er in meiner Garderobe gefunden hat. Er setzt sich darauf, entkleidet sich völlig, hüllt sich in einen meiner Mäntel, der auf einem Sessel lag, und löscht das Licht aus. Damit schloß das Schauspiel für den Augenblick. Aber es begann bald wieder in meinem Bette, wo ich den Schlaf nicht finden konnte.

Überall sah ich das Bild des Pagen, an meinem Betthimmel, an den vier Säulen, überall sah ich nichts als ihn. Ich bemühte mich vergebens, mit diesem entzückenden Gegenstande die Vorstellung des abscheulichen Gespenstes, das ich gesehen, zu verbinden, doch die erste Erscheinung erhöhte nur den Reiz der letztern.

Der melodische Gesang, den ich im Gewölbe vernommen, der hinreißende Klang dieser Stimme, diese wie aus einem Herzen hervorquillenden Worte hallten noch in meinem Herzen wider und erregten in ihm wunderbare Schauer.

»Ach! Biondetta,« sprach ich, »wenn du doch kein phantastisches Wesen, nicht dieses abscheuliche Dromedar wärst! Aber von welcher Empfindung lasse ich mich überwältigen? Ich habe mein Entsetzen beherrscht, und so will ich auch diese weit gefährlichere Seelenregung mit der Wurzel ausrotten. Welchen Genuß kann ich von ihr erwarten? Wird er nicht immer seinem Ursprung entsprechen? Die Glut ihrer rührenden, süßen Blicke ist ein verderbliches Gift. Dieser schöne, frische und scheinbar harmlose Mund versteht nur zu lügen. Dieses Herz, wenn sie eins besitzt, ist voll Verrat.«

Während ich mich diesen Betrachtungen überließ, die mich beunruhigten, war der Mond am wolkenlosen Himmel emporgestiegen und warf durch die drei hohen Bogenfenster meines Zimmers seine vollen Strahlen. Ich wälzte mich in meinem Bette hin und her; die Bettstatt war nicht neu, sie brach auseinander und die drei Bretter, auf denen ich lag, krachten zusammen.

Biondetta sprang auf und stürzte mit einem Schrei des Schreckens zu mir. »Don Alvaro, was ist Ihnen zugestoßen?«

Da ich sie trotz meines Falles nicht aus den Augen verloren hatte, sah ich sie aufstehen und mir beispringen. Sie trug ein kurzes Pagenhemd, und das Mondlicht, das auf ihre Schenkel fiel, schien sich im Widerschein strahlend zu verdoppeln.

Der schlimme Zustand meines Lagers berührte mich wenig, denn ich lag nur ein wenig unbequemer; aber wie wurde mir, als ich mich von Biondettas Armen umfangen fühlte.

»Es ist mir nichts geschehen!« sagte ich, »entfernen Sie sich ... Sie stehen ohne Pantoffel auf dem Steinboden, Sie werden sich verkühlen ... Gehen Sie ...«

»Aber es muß Ihnen unbehaglich sein ...«

»Ihre Nähe nur bereitet mir Unbehagen. Lassen Sie mich, oder wenn Sie durchaus in meiner Nähe geborgen sein wollen, so werde ich Ihnen gebieten, in jenem Spinngewebe in der Wandecke dort sich schlafen zu legen.« Sie wartete das Ende der Drohung nicht ab, sondern ließ sich wieder auf ihre Matte nieder und schluchzte leise. Die Nacht ging vorüber, und die Müdigkeit übermannte mich und verschaffte mir einige Augenblicke Schlaf. Ich erwachte erst als es Tag war, und man kann sich denken, wohin sich meine ersten Blicke richteten. Meine Augen suchten meinen Pagen.

Er saß, bis auf sein Wams angekleidet, auf einem kleinen Schemel und hatte seine Haare aufgelöst, die bis zur Erde herabhingen und in natürlichen, wallenden Locken ihm nicht nur Rücken und Schultern, sondern auch das Gesicht bedeckten. Er ordnete sein Haar mit seinen Fingern. Kein Kamm von schönerm Elfenbein irrte je durch einen dichteren Wald rotblonden Haares, dessen Feinheit seinen andern Vorzügen nichts nachgab. Da ein kleines Geräusch mein Erwachen angekündigt hatte, strich sie mit ihren Fingern die Locken weg, die ihr das Gesicht beschatteten. So tritt Aurora im Frühling mit ihrem Tau und ihren Düften aus der Dämmerung des Morgens hervor.

»Biondetta,« sagte ich, »in meiner Schublade finden Sie einen Kamm.« Sie nahm ihn, und alsbald hatte sie mittels eines Bandes, ebenso zierlich als geschickt, ihre Frisur wieder in Ordnung gebracht. Sie zog ihr Wams an und setzte sich schüchtern, verlegen und unruhig auf ihren Stuhl, so daß ich ihr mein Mitleid nicht versagen konnte.

Muß ich, sagte ich zu mir, im Laufe des Tages tausend solcher Bilder sehen, deren eines immer reizender ist als das andere, so werde ich gewiß nicht widerstehen können; ich will eine Entscheidung möglichst beschleunigen.

Ich rede sie an. »Es ist nun Tag, Biondetta, der Anstand ist gewahrt. Sie können nun mein Zimmer verlassen, ohne Besorgnis, lächerlich zu werden.«

Sie antwortete: »Ich habe jetzt diese Besorgnis nicht mehr. Aber eine andere, weit wichtigere für Sie und mich, erlaubt uns nicht, daß wir uns trennen.«

»Sie müssen sich näher erklären,« versetzte ich.

»Sogleich, Alvaro. Ihre Jugend, Ihre Unbesonnenheit lassen Sie nicht die Gefahren erblicken, die wir heraufbeschworen haben. Ihre heldenmütige Haltung beim Anblick der schauderhaftesten Erscheinung in den Ruinen hat meine Neigung gefesselt. Ja, sagte ich zu mir selbst, um das Glück zu erlangen, mich mit einem Sterblichen zu vereinen, muß ich menschliche Gestalt annehmen, und zwar sogleich, denn dieser ist der meiner würdige Held. Mögen die verächtlichen Nebenbuhler, die ich ihm aufopfere, sich immerhin darob entrüsten; mag ich mich auch ihrem Groll und ihrer Rache aussetzen: was kümmerts mich? Von Alvaro geliebt, mit Alvaro vereint, werden sie und die Natur uns unterworfen sein. Sie selbst wissen, was dann geschah; und dies sind die Folgen. Neid, Eifersucht, Verachtung und Wut bereiten mir die grausamste Züchtigung, der nur ein Wesen meiner Art, das sich aus freier Wahl seiner Würde entäußert hat, preisgegeben werden kann. Sie allein vermögen mich dagegen zu beschützen. Kaum tagt es, und schon sind die Ankläger unterwegs, um Sie als Schwarzkünstler bei dem Gericht, das Sie kennen, anzugeben. In einer Stunde ...«

»Halt ein!« rief ich, indem ich die geballten Fäuste auf meine Augen preßte. »Du bist der hinterlistigste Betrüger! Du sprichst von Liebe, du bist ihr Ebenbild, und du vergiftest den Gedanken an sie; ich verbiete dir, noch ein Wort davon zu sprechen. Laß mich ruhig werden, einen Entschluß zu fassen. Muß ich in die Hände des Gerichtes fallen, so schwanke ich zwar keinen Augenblick in der Wahl zwischen dir und ihm; aber wenn du mir beistehst, mir von hier forthilfst, wozu muß ich mich dir dann verpflichten? Kann ich mich von dir trennen, wann ich will? Ich beschwöre dich, mir klar und deutlich zu antworten!« »Um sich von mir zu trennen, Alvaro, brauchen Sie nur zu wollen. Es ist mir schmerzlich, daß meine Unterwerfung erzwungen ist. Verkennen Sie aber künftig meinen Eifer, so sind Sie unklug, undankbar ...«

»Ich glaube nichts sonst, als daß ich fort von hier muß. Ich will meinen Kammerdiener wecken. Er soll mir Geld beschaffen und Postpferde bestellen. Ich werde mich in Venedig an Bentonelli, den Bankier meiner Mutter, wenden ...«

»Sie brauchen Geld? Glücklicherweise habe ich mich damit vorgesehen: es steht Ihnen zu Diensten ...«

»Behalten Sie es. Sind Sie ein Weib, so würde ich mich erniedrigen, wenn ich es annähme.«

»Ich biete es Ihnen nicht als Geschenk, sondern als Darlehen an. Geben Sie mir eine Anweisung auf den Bankier. Lassen Sie auf Ihrem Tisch an Carlo den Befehl zurück, Ihre Schulden zu bezahlen. Entschuldigen Sie sich brieflich bei Ihrem Kommandanten, daß ein wichtiges Geschäft Sie zwinge, sich ohne Urlaub zu entfernen. Ich werde Ihnen Wagen und Pferde besorgen. Aber, Alvaro, da ich mich notwendigerweise von Ihnen entfernen muß, überkommt mich wieder alle meine Furcht. Sagen Sie zuvor: Geist, der du nur um meinetwillen und für mich allein einen Körper angenommen hast, ich nehme deine Unterwerfung an und verspreche dir meinen Schutz.«

Während sie mir diese Formel vorsagte, hatte sie sich mir zu Füßen geworfen und meine Hand erfaßt, die sie drückte und mit ihren Tränen benetzte.

Ich war außer mir und wußte nicht, was ich beginnen sollte. Ich ließ ihr meine Hand, die sie küßte, und stammelte die Worte her, die ihr so wichtig schienen. Kaum ist es geschehen, so steht sie auf. »Ich bin dein,« rief sie mit Entzücken, »und kann das glücklichste aller Geschöpfe werden! Im Augenblick hüllt sie sich in einen langen Mantel, drückt sich einen großen Hut über die Augen und verläßt mein Zimmer.

Ich war wie betäubt. Ich schrieb meine Schulden auf, gab Carlo schriftlich den Auftrag, sie zu bezahlen, zählte das nötige Geld ab und schrieb an den Kommandanten und an einen meiner vertrautesten Freunde Briefe, die sie sehr seltsam finden mußten. Schon hörte ich den Wagen und die Peitsche des Postillons vor dem Tore.

Biondetta, das Gesicht noch immer in ihren Mantel gehüllt, kommt wieder und zieht mich mit sich fort. Carlo wird von dem Lärm geweckt und erscheint im Hemd. »Auf meinem Tische«, sage ich zu ihm, »findest du meine Befehle!« Ich warf mich in den Wagen und fuhr ab.

Biondetta war mit mir eingestiegen und hatte mir gegenüber Platz genommen. Als wir zur Stadt hinaus waren, nahm sie den Hut ab, der ihr Gesicht beschattete. Ihre Haare waren in ein karmoisinrotes Netz geschlossen; man sah nur die Enden, wie Perlen hinter Korallenzweigen. Ihr Gesicht trug keinen andern Schmuck als seine natürlichen Reize. Ihre Haut war wie durchscheinend. Man konnte nicht begreifen, wie Sanftmut, Aufrichtigkeit und Naivität sich mit der Arglist vertrügen, die aus ihren Blicken hervorstach. Ich ertappte mich über diesen unwillkürlich Betrachtungen, und da ich sie als gefährlich für meine Ruhe hielt, schloß ich die Augen und bemühte mich zu schlafen.

Mein Versuch blieb nicht vergeblich. Schlummer umfing meine Sinne und schenkte mir die angenehmsten Träume, geschaffen, meine Seele nach den entsetzlichen und abenteuerlichen Gedanken wieder zu erquicken. Dieser Schlaf währte überaus lange, und als meine Mutter in der Folgezeit einmal über meine Erlebnisse nachsann, erklärte sie ihn für eine übernatürliche Erscheinung. Als ich mich endlich wieder ermunterte, befand ich mich am Ufer des Kanals, auf dem man nach Venedig gelangt.

Es war schon tief in der Nacht; ich fühlte, daß mich jemand am Ärmel zupfte. Es war ein Lastträger, der meine Sachen tragen wollte; aber ich hatte nicht einmal eine Nachtmütze.

Biondetta stand auf der andern Seite des Wagens, um mir zu sagen, daß das Fahrzeug, das mich aufnehmen sollte, bereit sei. Ich steige mechanisch aus, trete in die Felucke und falle in meine Schlafsucht zurück. Was soll ich sagen? Am andern Morgen befand ich mich auf dem Markusplatz im schönsten Zimmer des vornehmsten Gasthauses von Venedig. Ich erkannte es von früher her auf der Stelle wieder. Ich sehe weiße Wäsche und einen kostbaren Schlafrock auf meinem Bette liegen. Ich vermutete, dies könne eine Aufmerksamkeit des Wirtes sein, bei dem ich so von allem entblößt angekommen war.

Ich stehe auf und blicke mich um, ob ich das einzige lebende Wesen im Zimmer bin. Ich suchte Biondetta. Ich schämte mich dieser ersten Regung und dankte meinem Schicksal. Dieser Geist und ich sind also nicht unzertrennlich. Ich bin ihn los und darf mich sehr glücklich schätzen, wenn ich durch meine Unbesonnenheit nicht mehr als meine Offiziersstelle verliere. Mut, Alvaro! Es gibt noch andere Höfe, andere Herrscher als in Neapel. Dies Abenteuer wird dich bessern, wenn du nicht unverbesserlich bist, und du wirst dich in Zukunft klüger zu benehmen wissen. Weist man deine Dienste von sich, so warten deiner eine zärtliche Mutter, Estremadura und ein reiches väterliches Erbteil. Aber was wollte dieser Teufelsgeist von dir, der dich seit vierundzwanzig Stunden nicht verlassen hat? Er hatte eine verführerische Gestalt angenommen. Er hat dir Geld gegeben, das mußt du ihm zurückerstatten.

Ich sprach noch so zu mir selbst, da sehe ich meinen Gläubiger eintreten; er führte mir zwei Bediente und zwei Gondeliere zu. Sie müssen Bedienung haben, sagte er, bis Carlo eintrifft. Man bürgt mir im Gasthause für die Brauchbarkeit und Treue dieser Leute hier, und dieses sind die kühnsten Burschen der Republik.

»Ich billige deine Wahl, Biondetta,« sagte ich, »hast du dich hier einquartiert?«

»Ich habe,« antwortete der Page mit niedergeschlagenen Augen, »in dem Stockwerke Ihrer Exzellenz das entlegenste Zimmer eingenommen, um Ihnen so wenig als möglich beschwerlich zu fallen.«

Ich erkannte Schonung und Zartgefühl in dieser Aufmerksamkeit, zwischen ihr und mir einen Abstand zu wahren, und wußte ihr Dank dafür.

Keinesfalls, dachte ich, kann ich ihr doch den Luftraum verbieten, wenn es ihr gefallen sollte, sich unsichtbar in meiner Nähe zu halten, um mich so zu besitzen. Ist sie aber in einem bestimmten Zimmer, so läßt sich die Entfernung von ihr abmessen. – Durch diese Erwägung befriedigt, gab ich meine Einwilligung zu allem.

Ich wollte den Bankier meiner Mutter aufsuchen. Biondetta half mir bei der Toilette, und sobald ich damit fertig war, begab ich mich an besagten Ort und Stelle. Der Kaufherr empfing mich auf eine Art und Weise, die mich staunen machte. Er kam mir schon von weitem auf das freundlichste entgegen und sagte: »Don Alvaro, ich vermutete Sie nicht hier. Sie kommen eben recht, um einen dummen Streich zu verhindern. Ich wollte Ihnen soeben zwei Briefe und Geld übersenden.«

»Meinen Zuschuß?« fragte ich.

»Ja,« war die Antwort, »und noch etwas mehr. Es sind weitere zweihundert Zechinen diesen Morgen für Sie eingetroffen. Ein alter Herr, dem ich eine Quittung darüber ausstellte, überbrachte sie mir im Auftrag der Donna Mencia. Sie hielt Sie für krank, weil sie seit längerem keine Nachricht von Ihnen empfangen, und hat einen

Ihrer spanischen Bekannten gebeten, mir das Geld zuzustellen, damit ich es Ihnen überweisen könne.«

»Hat er Ihnen seinen Namen genannt?«

»Ich habe ihm die Quittung auf seinen Namen ausgestellt; er heißt Don Miguel Pimientos und will Escudero in Ihrem Hause gewesen sein. Da ich von Ihrer Ankunft in Venedig nichts wußte, habe ich ihn nach seiner Wohnung nicht gefragt.«

Ich nahm das Geld und öffnete die Briefe. Meine Mutter klagte über ihre Gesundheit und über meine Nachlässigkeit, erwähnte aber die Zechinen, die sie sandte, nicht; ich war ihr für ihre Güte um so dankbarer.

Da mein Beutel so zu gelegener Zeit gefüllt war, kehrte ich vergnügt in mein Gasthaus zurück. Ich hatte Mühe, Biondetta in dem sogenannten Zimmer, wo sie Wohnung genommen, zu finden. Man gelangte durch einen schmalen finsteren Gang, der von meiner Türe ziemlich entfernt war, dorthin. Durch Zufall geriet ich hinein und sah sie gebückt an einem Fenster stehen, sehr geschäftig, die Trümmer eines Klavizimbels wieder zusammenzuflicken.

»Ich habe Geld,« sagte ich, »und bringe dir zurück, was du mir geliehen hast.«

Sie ward rot, wie immer, bevor sie sprach, suchte meinen Schuldschein und gab ihn mir wieder. Sie steckte die Summe ein und sagte, ich sei allzu pünktlich und sie habe gehofft, längere Zeit das Vergnügen zu haben, in mir ihren Schuldner zu sehen.

»Aber ich bin dir noch mehr schuldig,« sagte ich, »du hast auch die Post bezahlt.« Sie hatte die Rechnung auf dem Tische liegen und ich bezahlte sie. Ich ging scheinbar sehr kühl von ihr. Sie fragte, ob ich noch etwas befehle. Ich sagte Nein und sie ging ruhig wieder an ihre Arbeit. Sie hatte mir den Rücken zugewandt, und ich beobachtete sie eine Zeitlang; sie schien sehr emsig und war ebenso geschickt als eifrig in ihrer Beschäftigung.

Ich versank auf meinem Zimmer wieder in Nachdenken. »Das ist nun,« sagte ich mir, »ein Verwandter jenes Calderon, der Soberanos Pfeife anzündete, und, so vornehm er auch aussieht, doch von keiner besseren Familie. Wird er nicht zudringlich und mir beschwerlich, macht er keine Ansprüche, warum sollte ich ihn da nicht bei mir behalten? Er versichert mir überdies, daß es nur von meinem Willen abhänge, ihn fortzuschicken. Warum soll ich übereilig sein und dies schon jetzt tun, was ich jeden Tag und jeden Augenblick tun kann?« Ich wurde in meinen Betrachtungen durch die Meldung gestört, daß angerichtet sei.

Ich setzte mich zu Tisch. Biondetta stand in großer Livree hinter meinem Stuhl und ließ es sich angelegen sein, alle meine Wünsche zu erraten. Ich brauchte mich nicht umzuwenden, um sie zu sehen: drei Spiegel im Saale wiederholten alle ihre Bewegungen. Die Mahlzeit war vorüber, es wurde abgeräumt. Biondetta entfernte sich.

Der Wirt kam herauf, ein alter Bekannter von mir. Es war Karneval, meine Ankunft hatte also nichts Überraschendes. Er wünschte mir Glück zur scheinbaren Verbesserung meiner Vermögensumstände und erging sich in Lob über meinen Pagen, den er als den schönsten, verständigsten, getreuesten und sanftesten Jüngling, den er je gesehen, pries. Er fragte mich, ob ich an den Vergnügungen des Karnevals teilzunehmen gedächte; es war meine Absicht. Ich nahm eine Verkleidung und stieg in meine Gondel.

Ich durchstreifte die Stadt, ging ins Schauspiel, ins Ridotto. Ich spielte, gewann vierzig Zechinen und kam ziemlich spät nach Hause, da ich überall Zerstreuung gesucht hatte, wo ich sie zu finden hoffte.

Mein Page erwartet mich, eine Fackel in den Händen, unten an der Treppe, überläßt mich der Sorgfalt eines Kammerdieners und entfernt sich, nachdem er mich gefragt, zu welcher Stunde ich geweckt sein wolle.

»Zur gewöhnlichen,« antwortete ich, ohne zu wissen was ich sagte und ohne zu bedenken, daß niemand mit meiner Lebensweise bekannt war.

Ich erwachte andern Morgens spät und stand sogleich auf. Ich warf die Augen zufällig auf die Briefe meiner Mutter, die auf dem Tische liegengeblieben waren. »Ehrwürdige Frau!« rief ich aus, »was beginne ich hier? Warum begebe ich mich nicht in den Schutz deiner weisen Ratschläge? Ja, ich komme, ich komme, das ist das einzige, was mir zu tun übrigbleibt!«

Da ich laut sprach, bemerkte man, daß ich wach sei; man trat ein und da sah ich wieder sie, die Klippe, an der meine Vernunft scheiterte. Sie sah so uneigennützig, bescheiden und unterwürfig aus, und dies machte sie mir um so gefährlicher. Sie meldete mir einen Schneider mit Stoffen; ich machte ihm meine Bestellung und sie verschwand mit ihm bis zum Mittagessen.

Ich aß wenig und eilte, mich wieder mitten in den Strudel der Vergnügungen zu stürzen. Ich besuchte Maskenfeste, hörte frostige Scherze an und machte sie mit, und begab mich schließlich in die Oper und zum Spiel, das bisher meine größte Leidenschaft gewesen war. Diesmal gewann ich noch weit mehr als das erstemal.

In solchem Zustand des Herzens und des Geistes vergingen zehn Tage unter den gleichen Zerstreuungen. Ich traf alte Bekannte und bekam neue. Ich wurde in den vornehmsten Gesellschaften eingeführt und zu den Veranstaltungen der Nobili in ihren Kasinos zugelassen.

Alles ging gut, hätte mich nur mein Glück im Spiel nicht verlassen; aber ich verlor im Ridotto an einem Abend dreizehnhundert Zechinen, die ich zusammengescharrt hatte, wieder. Niemand konnte je unglücklicher spielen. Früh um drei Uhr ging ich vollkommen ausgebeutet hinweg und blieb meinen Bekannten noch hundert Zechinen schuldig. Ich verbarg meinen Ärger über dies Mißgeschick nicht, und Biondetta schien davon bewegt, sagte aber kein Wort.

Am andern Morgen stand ich erst spät auf. Ich ging mit großen Schritten im Zimmer auf und ab und stampfte mit den Füßen. Vom Frühstück nahm ich nicht einen Bissen. Nachdem es abgetragen, blieb Biondetta ganz gegen ihre Gewohnheit bei mir. Sie sah mich einen Augenblick an, dann kamen ihr die Tränen: »Sie haben verloren, Don Alvaro, vielleicht mehr, als Sie bezahlen können ...«

»Und wenn es so wäre, was sollte ich dann tun?«

»Sie kränken mich; meine Dienste stehen Ihnen stets zur Verfügung. Aber es stünde traurig darum, beschränkten sie sich nur auf Geringfügigkeiten, die Sie sofort zu entlohnen imstande sind. Erlauben Sie, daß ich mir einen Stuhl nehme? Wollen Sie sich zugrunde richten? ... Warum spielen Sie mit solcher Leidenschaft, wenn Sie nicht zu spielen verstehen?«

»Sind diese Spiele nicht von Glückszufällen abhängig? Gibt es da etwas zu verstehen? Etwas zu lernen?«

»Gewiß! Man lernt diese Spiele, die Sie mit Unrecht Glückszufälle nennen. Es gibt keinen Zufall in der Welt. Alles war und ist eine notwendige Folge von Kombinationen, die man nur durch die Wissenschaft der Zahlen, begreift, deren Grundsätze so tief und abstrakt sind, daß man sie sich nicht anders als unter Anleitung eines Lehrers aneignen kann, den man aber zu finden und sich zu verbinden verstehen muß. Ich kann Ihnen diese erhabene Kenntnis nur durch ein Bild darstellen. Die Verkettung der Zahlen bewirkt die Bewegung des Universums und regelt das, was man zufällige und bestimmte Ereignisse nennt, indem sie alles durch unsichtbare Gewichte zwingt, zu steigen und zu fallen, und zwar von den größten Dingen an, die in den entferntesten Sphären vor sich gehen, bis auf die geringsten Wechselfälle des Glücks herab, die Sie heute um Ihr Geld gebracht haben.«

Diese gelehrte Tirade in dem Munde eines Kindes, dieser etwas aufdringliche Vorschlag, mir einen Lehrer zu geben, erregten mir einen leichten Schauder. Ich fühlte wieder etwas von jenem Angstschweiß, der mir im Gewölbe von Portici ausgebrochen war. Ich heftete den Blick auf Biondetta, die die Augen niederschlug. »Ich will keinen Lehrmeister,« sagte ich zu ihr, »ich würde fürchten, zuviel von ihm zu lernen. Aber versuche mir zu beweisen, daß ein Edelmann etwas mehr als das Spiel kennen und nützen darf, ohne sich zu entwürdigen.«

Sie nahm den Beweis auf und dies ist im wesentlichen das Ergebnis ihrer Beweisführung.

Die Bank beruht auf der Basis eines übermäßigen Vorteils, der sich mit einer jeden Taille erneut. Liefe sie gar keine Gefahr, so würde die Republik unstreitig einen offenbaren Diebstahl am Einzelnen begehen. Aber die Berechnungen, die wir machen können, sind imaginär und die Bank hat immer ein leichtes Spiel, indem unter zehntausenden, die ihre Opfer sind, nur ein Unterrichteter gegen sie hält. Sie überführte mich weiter und zeigte mir nur eine einzige Kombination, die allem Anschein nach sehr einfach war. Ich erriet ihr Prinzip nicht; aber noch am nämlichen Abend erkannte ich ihre Untrüglichkeit am Erfolge.

Mit einem Worte, ich gewann, sie befolgend, alles wieder, was ich verloren, bezahlte meine Spielschulden und erstattete an Biondetta die Summe zurück, die sie mir geliehen hatte, damit ich mein Glück von neuem versuche.

Ich war bei Gelde; aber in größerer Verlegenheit als je. Mein Mißtrauen gegen die Absichten des gefährlichen Wesens, dessen Dienste ich angenommen, hatte sich erneuert. Wußte ich doch nicht ganz gewiß, ob ich mich würde wieder von ihm freimachen können; jedenfalls hatte ich nicht die Kraft, es zu wollen. Ich wandte die Augen ab, um es nicht zu sehen, wo es war, und sah es doch überall, wo es nicht war.

Das Spiel lockte mich nicht länger mehr. Seitdem das Pharo, das ich leidenschaftlich liebte, den Reiz des Wagens für mich verloren, fand ich nichts mehr daran, was mich lockte.

Die Karnevalspossen langweilten mich, das Schauspiel fand ich abgeschmackt. Hätte ich auch das Herz frei genug gehabt, mit einer Frau aus der vornehmen Welt eine Liebschaft anzuknüpfen, so schreckte mich im voraus das Geschmachte, das Zeremoniell und der Zwang des Cicisbeats ab. Es blieb mir nichts übrig als die Zuflucht der Adelscasini, wo ich nicht mehr spielen wollte, und die Gesellschaft der Kurtisanen. Unter den Frauen dieser Art gab es einige, die sich mehr durch den feinen Geschmack ihres Gepränges und die muntere Gesellschaft, als durch persönliche Reize auszeichneten. Ich fand in ihren Häusern eine wirkliche Freiheit, wie ich sie zu genießen liebte, eine geräuschvolle Fröhlichkeit, die mich betäuben konnte, wenn sie mir auch nicht gefiel; kurz, einen immerwährenden Mißbrauch der Vernunft, der mich auf Augenblicke aus den Verwicklungen der meinigen erlöste. Ich war gegen sie alle, bei denen ich Zutritt hatte, galant, ohne es auf eine einzige abgesehen zu haben. Dagegen hatte aber die berühmteste von ihnen ihre Absichten auf mich, die sie bald deutlich werden ließ.

Man nannte sie Olympia. Sie war sechsundzwanzig Jahre alt, sehr schön, talentvoll und geistreich. Sie ließ mich bald die Neigung erkennen, die sie zu mir gefaßt, und, ohne daß ich etwas Ähnliches für sie empfand, warf ich mich ihr an den Hals, um mich gewissermaßen meiner selbst zu entledigen.

Unsere Verbindung nahm einen ziemlich plötzlichen Anfang, und da ich nicht eben besonderen Reiz darin fand, so meinte ich, sie werde auf gleiche Weise endigen, und Olympia, meiner Gleichgültigkeit müde, sich umso eher einen Liebhaber suchen, der ihr mehr Gerechtigkeit widerfahren lasse, als wir ohnedies auf dem Fuße der uneigennützigsten Leidenschaft miteinander standen; aber unser Schicksal hatte anders entschieden. Und es mußte ohne Zweifel zur Züchtigung dieser stolzen, heftigen Frau, und damit ich in Verlegenheiten anderer Art geriete, geschehen, daß sie unbezähmbare Liebe zu mir faßte.

Schon stand es nicht mehr in meinem Willen, des Abends in meine Herberge zurückzukehren, und während des Tages wurde ich von ihren Briefen, Botschaften und Spionen im höchsten Grade belästigt. Man beklagte sich über meine Kälte. Eine Eifersucht, die noch keinen Gegenstand gefunden hatte, hielt sich an alle Frauen, die meine Blicke hätten fesseln können, und würde mich sogar zu Unhöflichkeiten gegen sie genötigt haben, wenn mein Charakter beeinflußbar gewesen wäre. Diese fast unaufhörliche Qual war mir sehr verdrießlich; aber ich mußte mich wohl darein finden. Ich bestrebte mich aufrichtig, Olympia zu lieben, um nur etwas zu lieben und mich von der gefährlichen Neigung, die ich an mir kannte, abzulenken; inzwischen bereitete sich ein lebhafterer Auftritt vor.

Ich wurde in meiner Wohnung, dem Auftrage der Kurtisane gemäß, heimlich beobachtet. »Seit wann«, sagte sie eines Tages zu mir, »haben Sie den schönen Pagen, an dem Sie solchen Anteil nehmen, und den Sie so sehr berücksichtigen, ja, den Sie jedesmal mit den Augen verfolgen, wenn er Sie zu bedienen in Ihr Zimmer tritt? Warum halten Sie ihn so streng verborgen, daß man ihn nirgends in Venedig sieht?«

»Mein Page«, versetzte ich, »ist ein junger Mensch von guter Herkunft, dessen Erziehung mir anvertraut wurde. Er ist ...«

»Er ist«, fiel sie mir mit zornglühenden Blicken in die Rede, »ein Weib! Einer meiner Vertrauten hat ihn durch das Schlüsselloch sich ankleiden sehen ...«

»Ich gebe Ihnen mein Ehrenwort, daß er kein Weib ist.«

»Füge nicht noch eine Lüge zum Verrat. Sie hat geweint; man hat es gesehen; sie ist nicht glücklich. Du verstehst nur die Herzen zu foltern, die sich dir ergeben. Du hast sie betrogen, wie du mich betrügst, und verläßt sie. Schicke das Kind zu den Ihrigen zurück, und wenn deine Verschwendung dich unfähig gemacht hat, gegen sie gerecht und billig zu sein, so will ich es tun, aber ich verlange, daß sie morgen verschwindet ...«

»Olympia,« erwiderte ich so gelassen als ich es vermochte, »ich habe Ihnen beteuert, und ich wiederhole Ihnen und beteure Ihnen nochmals, daß der Page kein Weib ist. Wollte Gott! ...«

»Was sollen diese Lügen und dies: Wollte Gott!? Du Ungeheuer! Schick sie fort, sage ich dir, oder ... Aber ich habe andere Hilfsmittel, ich werde dich entlarven, und wenn du keine Vernunft annehmen willst, so wird sie es tun ...«

Von diesem Strome von Beleidigungen und Drohungen übermannt, aber mir den Anschein gebend, dafür nicht empfindlich zu sein, ging ich, wenn auch spät, nach Hause.

Meine Leute und besonders Biondetta schienen sich über meine Ankunft zu verwundern. Sie zeigte einige Besorgnisse wegen meiner Gesundheit; ich entgegnete, ich befände mich wohl. Ich hatte seit meinem Verhältnisse mit Olympia fast nicht mehr mit Biondetta gesprochen, und dies hatte in ihrem Betragen gegen mich keine Veränderung hervorgerufen, obwohl es sich in ihren Zügen bemerkbar machte. Es drückte sich in ihrem ganzen Gesicht eine gewisse Ermattung und Schwermut aus.

Am nächsten Morgen war ich kaum erwacht, als Biondetta zu mir ins Zimmer trat, einen offenen Brief in der Hand. Sie reichte ihn mir hin und ich lese:

»›An den vermeintlichen Biondetto!

Ich weiß weder, wer Sie, noch weswegen Sie bei Don Alvaro sind, Madame; aber Sie sind jung genug, um entschuldigt, und in so schlechten Händen, um nicht bemitleidet werden zu müssen. Dieser Edelmann wird Ihnen versprochen haben, was er aller Welt verspricht und mir noch alle Tage zuschwört, obschon er entschlossen ist, uns zu verraten. Sind Sie ebenso klug als schön, so werden Sie für einen klugen Rat empfänglich sein. Sie stehen in einem Alter, Madame, in dem Sie noch wieder gutmachen können, was Sie an sich selbst verschuldet haben; ein gefühlvolles Herz bietet Ihnen die Mittel dazu an. Es wird um die Größe des Opfers, das es Ihrer Ruhe zu bringen hat, nicht mit Ihnen markten. Dieses Opfer muß Ihren Verhältnissen, den Opfern, die Sie selbst schon gebracht haben und den Aussichten, die man Ihnen etwa für die Zukunft eröffnet, angemessen sein, so daß Sie seinen Umfang selbst zu bestimmen haben. Sollten Sie aber hartnäckigerweise unglücklich und betrogen bleiben und andere unglücklich machen wollen, so hüten Sie sich vor alledem, was die Verzweiflung an Gewalttätigem einer Nebenbuhlerin eingeben kann. Ich erwarte Ihre Antwort.«

Nachdem ich diesen Brief gelesen hatte, gab ich ihn Biondetta wieder zurück. »Antworten Sie dieser Frau,« sagte ich, »daß sie eine Närrin sei; Sie wissen ja besser als ich, in welchem Grade sie das ist ...«

»Sie kennen sie, Don Alvaro; fürchten Sie nichts von ihr? ...«

»Ich fürchte, daß sie mich noch längere Zeit langweilt, darum verlasse ich sie, und um mich desto sicherer von ihr loszumachen, werde ich noch diesen Morgen ein hübsches Haus mieten, das man mir an der Brenta angeboten hat.« Ich kleidete mich sofort an und ging, den Handel abzuschließen. Unterwegs überdachte ich Olympias Drohungen. »Die arme Närrin!« sprach ich, »will den ...« Ich vermochte, ich wußte nicht wie es kam, durchaus nicht auszusprechen, wen sie töten wollte.

Nach abgemachter Sache kehrte ich heim, aß zu Mittag und beschloß bei mir, im Laufe dieses Tages weiter nicht auszugehen, um nicht von der Macht der Gewohnheit zu der Kurtisane hingezogen zu werden.

Ich nehme ein Buch zur Hand. Unfähig, zu lesen, lege ich es wieder weg. Ich trete ans Fenster, und die Menge und Mannigfaltigkeit der Gegenstände ist mir eher zuwider, als daß sie mich hätte zerstreuen können. Ich messe das Zimmer mit großen Schritten und suche Ruhe des Geistes in fortwährender Bewegung des Körpers.

In diesem unschlüssigen Zustande trete ich von ungefähr in eine finstere Kleiderkammer ein, wo meine Leute verschiedene zu ihrem Dienste gehörige Sachen aufzubewahren pflegten, die nicht gerade bei der Hand sein mußten. Ich war nie darin gewesen, die Dunkelheit des Ortes gefällt mir. Ich setze mich auf einen Koffer und verweile einige Minuten.

In dieser kurzen Zwischenzeit höre ich in einem anstoßenden Gemach Geräusch. Ein matter, mir in die Augen fallender Lichtschimmer zieht mich nach einer ungangbaren Türe hin. Der Schimmer drang durch das Schlüsselloch; ich halte das Auge daran.

Ich sehe Biondetta mit verschränkten Armen ihrem Klavier gegenüber in der Haltung eines Menschen sitzen, der in tiefes Nachdenken versunken ist. Sie bricht das Stillschweigen.

»Biondetta! Biondetta!« spricht sie. »Er nennt mich Biondetta. Das ist das erste und einzige liebkosende Wort, das seinem Munde je entschlüpft.«

Sie schweigt und scheint in ihre Träumereien zurückzusinken. Sie legt endlich die Hände auf das Klavier, das ich sie hatte ausbessern gesehen. Vor ihr auf dem Pult liegt ein zugeschlagenes Buch. Sie präludiert und singt mit halber Stimme, indem sie sich dazu begleitet.

Ich merkte auf der Stelle, daß sie keine bestimmte Komposition sang. Näher hinhorchend, höre ich meinen und Olympias Namen. Sie improvisierte in Prosa über ihre vermeintliche Lage und über die ihrer Nebenbuhlerin, die sie weit glücklicher als die ihrige fand, zuletzt über meine Härte gegen sie und meinen Verdacht, der ein Mißtrauen erzeuge, das mich von meiner Glückseligkeit entferne. Sie würde mich auf die Bahn des Aufstiegs, des Reichtums und des Wissens geleitet und ich auch sie glücklich gemacht haben. »Ach!« sagt sie, »das fällt nun hin. Wenn er mich einmal als das erkennt, was ich bin, werden meine schwachen Reize ihn nicht mehr fesseln; eine andere ...«

Die Leidenschaft riß sie hin und sie schien in Tränen zu ersticken. Sie steht auf, holt ein Schnupftuch, trocknet ihre Tränen und tritt zum Instrument. Sie will sich wieder setzen, und als ob die geringe Höhe des Sitzes ihr vorher zu beschwerlich gefallen, nimmt sie das Notenbuch vom Pult und legt es auf das Taburett, dann setzt sie sich und präludiert von neuem.

Ich nahm alsbald wahr, daß das zweite Musikstück dem erstem nicht ähnelte. Ich erkannte die Melodie einer damals in Venedig sehr beliebten Barkarole. Sie spielte sie zweimal, und darauf sang sie mit festerer und lauterer Stimme die folgenden Worte:

Ach, was muß ich nun erleiden,
Kind der Lüfte, das ich bin,
Das für irdsche Liebesfreuden
Gab das ganze Weltall hin.
Willig hab ich mich begeben
Alles Glanzes, aller Macht,
Als Verschmähte muß ich leben,
Die Livree ist meine Tracht.

Schmeichelt doch dem edlen Pferde
Auch die Hand, die es regiert;
Daß es wohl behütet werde,
Sorgt, wer's bändigt und dressiert.

Mag man es auch immer zwingen,
Zähmen und gar spornen sehr,
Wird es ihm nur Ehre bringen,
Doch Erniedrigung nimmermehr.

Einer Anderen als eigen
Muß Alvaros Herz ich sehn;
Daß dein Kaltsinn mußte weichen;
Sage mir, wie dies geschehn?
Sie nur liebst du treu vor allen,
Ihr vertraust du deine Ruh,
Sie gefällt dir, mir gefallen
Ist allein dein Mißtrau'n zu.

Das ich, ohn' es zu erregen,
Jetzt wie Gift empfinden lern',
Die du scheust, bin ich zugegen,
Die du hassest, bin ich fern.
Leide ich, soll ich betrügen,
Seufze nimmer in der Tat,
Spreche ich, so will ich lügen,
Schweige ich, so ist's Verrat.

Liebe, du bist der Verräter
Und ich büße deine Schuld,
Räche mich früh oder später,
Gib mir wieder seine Huld.
Laß ihn endlich mich erkennen,
Und wie immer es gescheh',
Laß ihn keine Schwäche kennen,
Die er nicht für mich begeh.

Meine Feindin triumphieret,
Und sie gibt mein Schicksal an.
Ach! Ich sehe mich verführet,
Zwischen Tod und zwischen Bann.
Bleib in deinen Banden liegen,
Meines Herzens wilde Pein,

Würde sonst dich Haß bekriegen;
Darum laß uns ruhig sein.

Der Ton ihrer Stimme, der Gesang, der Sinn der Verse, dies alles stürzte mich in eine Verwirrung, die ich nicht beschreiben kann. »Gespenstisches Wesen, verderbliches Blendwerk!« rief ich aus, indem ich mit Ungestüm aus meinem Verstecke floh, wo ich schon zu lange verweilt hatte. Kann man überzeugender die Wahrheit und die Natur vortäuschen? Wie glücklich bin ich, erst heute dieses Schlüsselloch entdeckt zu haben! Wie oft würde ich sonst hierhergekommen sein, mich in Trunkenheit versetzen zu lassen, wieviel würde ich nicht dazu beigetragen haben, mich selbst zu betrügen! Fort von hier, nach der Brenta, schon sobald es Tag wird, nein, noch heute abend!

Ich rufe ohne Zögern einen Bedienten und lasse alles, was ich nötig hatte, die Nacht in meiner neuen Wohnung zuzubringen, in eine Gondel schaffen.

Es würde mir allzu schwer gefallen sein, die Nacht in dem Gasthause zu bleiben. Ich verließ es. Ich ging aufs Geratewohl in der Stadt umher. Beim Umschreiten einer Straßenecke glaubte ich jenen Bernadillo, der Soberano auf unserm Spaziergange nach Portici begleitete, in ein Kaffeehaus gehen zu sehen. »Ein neues Gespenst!« sage ich; »sie verfolgen mich.« Ich bestieg meine Gondel und durchfuhr ganz Venedig, von Kanal zu Kanal. Es war elf Uhr, als ich zurückkehrte. Ich wollte nach der Brenta aufbrechen; da aber meine ermüdeten Gondeliere mir den Dienst verweigerten, sah ich mich genötigt, andere holen zu lassen. Sie kamen, und meine von meinem Plan im voraus unterrichteten Leute stiegen, mit ihren eigenen Sachen bepackt, vor mir in die Gondel. Biondetta folgte hinter mir drein.

Kaum habe ich den andern Fuß in den Kahn nachgezogen, als mich ein Schrei veranlaßt, mich umzuwenden. Eine Maske erdolcht Biondetta, »Du entreißt ihn mir; stirb, stirb, verhaßte Nebenbuhlerin!«

Die Tat geschah so schnell, daß einer der Gondeliere, der am Ufer zurückgeblieben war, sie nicht hatte verhindern können. Er wollte über den Mörder herfallen und ihm mit der Fackel ins Gesicht schlagen, aber ein anderer Verlarvter springt hinzu und stößt ihn mit einer drohenden Gebärde, mit einem Ausruf zurück, an dem ich Bernadillos Stimme wiederzuerkennen meinte.

Wie ein Sinnloser stürze ich wieder aus der Gondel. Die Mörder sind verschwunden. Beim Schein der Fackel erblicke ich Biondetta, bleich, in ihrem Blute gebadet, sterbend.

Mein Zustand läßt sich nicht schildern. Ich bin unfähig, etwas zu denken; ich sehe nur noch ein angebetetes Weib, das Opfer einer sinnlosen Eifersucht und meiner eitlen unerhörten Sorglosigkeit geworden, dem ich die grausamsten Kränkungen bereitet habe. Ich werfe mich über sie. Ich rufe sogleich nach Hilfe und nach Rache. Ein von dem Lärm herbeigelockter Wundarzt tritt heran. Ich lasse die Verwundete auf mein Zimmer schaffen, und in der Besorgnis, daß man nicht behutsam genug mit ihr umgehe, trage ich ihre Last zur Hälfte selbst.

Als man sie entkleidet hatte und ich den schönen, blutigen Leib von zwei so ungeheuren Wunden getroffen sah, die beide bis an die Quellen ihres Lebens gedrungen zu sein schienen, sprach und beging ich tausend Unsinnigkeiten.

Biondetta, die man für bewußtlos hielt, konnte sie nicht vernehmen; aber der Wirt und seine Leute, der Wundarzt und zwei herbeigeholte Ärzte waren der Meinung, es dürfe der Verwundeten gefährlich werden, mich bei ihr zu dulden. Man entfernte mich aus dem Zimmer und ließ meine Leute bei mir; da aber einer von ihnen die Ungeschicklichkeit beging, mir zu sagen, die Ärzte hätten die Wunden für tödlich erklärt, brach ich in schmerzliches Wehklagen aus.

Von meiner Erregung schließlich erschöpft, versank ich in einen Zustand, der endlich in Schlummer überging.

Ich glaubte, meine Mutter im Traume zu sehen, ich erzählte ihr mein Abenteuer, und um es ihr anschaulicher zu machen, führte ich sie nach den Ruinen von Portici.

»Nicht dahin, mein Sohn!« sprach sie zu mir, »du bist in einer offenen Gefahr.« Als wir nun durch einen Engpaß kamen, in dem ich getrost voranschritt, stieß mich plötzlich eine Hand in einen Abgrund; ich erkannte sie, es war Biondettas Hand. Ich fiel, eine andere Hand zieht mich zurück, und ich befinde mich in den Armen meiner Mutter. Ich wache, noch vor Schrecken keuchend, auf. »Geliebte Mutter!« rief ich aus, »du verlässest mich nicht, nicht einmal im Traume. Biondetta, du willst mich verderben?« Aber dieser Traum ist die Wirkung meiner aufgeregten Phantasie. Ach! Hinweg mit solchen Gedanken, die mich gegen die Dankbarkeit und Menschlichkeit würden sündigen lassen.

Ich rufe einen Bedienten und bestürme ihn mit Fragen. Zwei Wundärzte wachen; man hat viel Blut abgelassen, man fürchtet das Fieber.

Am andern Morgen, nachdem man den Verband abgenommen, erklärte man, die Wunden seien nur ihrer Tiefe wegen gefährlich; aber das Fieber kehrt zurück, nimmt zu, und man muß die Kranke durch neue Aderlässe erschöpfen.

Ich bat so dringend, eingelassen zu werden, daß man meinem Ersuchen nicht widerstehen konnte.

Biondetta phantasierte und wiederholte unaufhörlich meinen Namen. Ich sah sie an; sie war mir noch nie so schön erschienen.

»Das also«, sagte ich zu mir, »hielt ich für ein glänzendes Phantom, für ein Dunstgebilde, nur dazu da, meine Sinne zu verblenden? Sie lebte wie ich, und verliert ihr Leben, weil ich nicht auf sie habe hören wollen, weil ich sie willkürlich preisgegeben. Ich bin ein Tiger, ein Ungeheuer! Wenn du stirbst, liebenswürdigstes Wesen, dessen Wert ich so ungerechterweise verkannt habe, so mag ich dich nicht überleben. Ich werde dir in den Tod folgen, nachdem ich dir auf deinem Grabe die grausame Olympia geopfert! Wirst du mir wiedergegeben, so bin ich der Deine; ich werde deine Wohltaten erkennen, deine Tugenden, deine Geduld krönen, ich vereinige mich dir mit unauflöslichen Banden und erfülle meine Pflicht, dich glücklich zu machen, indem ich dir alle meine Gefühle, ja meinen Willen blind ergebe.«

Ich mag nicht die mühsamen Anstrengungen der Kunst und Natur schildern, einen Körper ins Leben zurückzurufen, der den für ihn aufgebotenen Hilfsmitteln zu erliegen schien.

Einundzwanzig Tage vergingen, während man zwischen Furcht und Hoffnung schwankte; endlich verminderte sich das Fieber und schien es, als gewänne die Kranke ihre Besinnung wieder.

Ich nannte sie meine liebe Biondetta, sie drückte mir die Hand. Von diesem Augenblicke an erkannte sie alles, was sie umgab. Ich saß an ihrem Kopfkissen: ihre Augen richteten sich auf mich; die meinen waren voll Tränen. Ich vermag den Liebreiz, den Ausdruck ihres Lächelns, als sie mich ansah, nicht zu beschreiben. »Liebe Biondetta!« sprach sie, »ich bin Alvaros, liebe Biondetta.« Sie wollte mehr sagen, man nötigte mich abermals, mich zu entfernen.

Ich zog vor, in ihrem Zimmer an einer Stelle zu bleiben, wo sie mich nicht sehen konnte. Man erlaubte mir endlich, wieder näherzutreten. »Biondetta!« sagte ich, »ich lasse die Mörder verfolgen.«

»Ach! schonen Sie sie,« entgegnete sie, »sie haben mich glücklich gemacht Wenn ich sterbe, ist's für Sie; lebe ich, so ist's um Sie zu lieben.«

Ich habe Grund, die zärtlichen Auftritte nicht weiter auszumalen, die zwischen uns stattfanden, bis die Ärzte mir versicherten, ich dürfe Biondetta an das Ufer der Brenta bringen lassen, wo die Luft geeigneter sein werde, ihre Kräfte wiederherzustellen. Wir schlugen dort unsere Wohnung auf. Ich hatte ihr, nachdem ihr Geschlecht, durch die Notwendigkeit ihre Wunden zu verbinden, erkannt worden war, zwei Zofen zu ihrer Bedienung gegeben. Ich ließ es ihr an nichts fehlen, was zu ihrer Bequemlichkeit dienen konnte, und beschäftigte mich nur damit, ihr hilfreich zu sein, sie zu unterhalten und ihr zu gefallen.

Ihre Kraft mehrte sich zusehends und ihre Schönheit schien Tag für Tag an Glanz zu gewinnen. Endlich, als ich glaubte, sie werde ein längeres Gespräch ohne Nachteil für, ihre Gesundheit ertragen können, sagte ich zu ihr: »Oh, Biondetta! ich bin von Liebe erfüllt, versichert, daß Sie kein gespenstisches Wesen sind, überzeugt, daß Sie mich trotz meines bisherigen empörenden Betragens gegen Sie lieben. Aber Sie wissen, ob ich Grund für meine Zweifel hatte. Enthüllen Sie mir das Geheimnis der seltsamen Erscheinung, die meine Blicke in dem Gewölbe von Portici traf. Woher und wohin kamen jenes widerwärtige Scheusal, jenes kleine Hündchen, die vor Ihnen da waren? Wie und warum erschienen Sie an deren Stelle, um bei mir zu verweilen? Geben Sie meinem Herzen, das Ihnen ganz gehört und sich Ihnen für das ganze Leben ergeben will, vollends seine Ruhe wieder!«

»Alvaro,« antwortete Biondetta, »jene Nekromanten, die über Ihre Verwegenheit erstaunt waren, wollten sich mit Ihrer Demütigung eine Kurzweil machen und Ihr Entsetzen dazu benutzen, Sie zum elenden Sklaven ihres Willen herabzuwürdigen. Sie setzten Sie dem höchsten Schrecknis aus, indem sie Sie anreizten, den mächtigsten und furchtbarsten aller Geister zu beschwören. Und mit Hilfe jener Geister, deren Kategorie ihnen unterworfen ist, machten sie Sie zum Zeugen eines Schauspiels, das Sie durch Entsetzen getötet haben würde, hätte nicht die innere Kraft Ihrer Seele den listigen Anschlag Ihrer Kameraden gegen diese selbst sich wenden lassen.

Sowie die Sylphen, die Salamander, die Gnomen, die Undinen Ihre heldenmütige Haltung wahrnahmen, beschlossen sie, von Ihrem Mute entzückt, Ihnen allen Vorteil über Ihre Feinde einzuräumen. Ich bin ursprünglich eine Sylphide, und zwar eine der angesehensten. Ich erschien in Gestalt des kleinen Hündchens und empfing Ihre Befehle, und darauf bestrebten wir uns um die Wette, denselben nachzukommen. Je gebieterischer, entschlossener und unbefangener, je mehr mit uns einverstanden Sie über uns verfügten, desto mehr erhöhte sich unsere Bewunderung vor Ihnen und unser Eifer. Sie geboten mir, Sie als Page zu bedienen und als Sängerin zu vergnügen. Ich gehorchte mit Freuden und fand in meiner Unterwerfung einen solchen Reiz, daß ich beschloß, mich Ihnen für alle Zeit zu widmen. Entscheide jetzt, sagte ich zu mir selbst, dein Glück und dein Geschick. In dem öden Luftraume einem notwendigen steten Wechsel hingegeben, ohne Empfindungen, ohne Genüsse, eine Sklavin der Beschwörungen der Kabbalisten, ein Spielball ihrer Launen und demnach in deinem ganzen Wesen und Wissen beschränkt, kannst du da noch einen Augenblick über die Wahl der Mittel unschlüssig sein, deinem Dasein einen höheren Wert zu verleihen? Es ist uns erlaubt, uns zu verkörpern, um uns dadurch zu weisen Menschen zu gesellen; hier ist ihrer einer. Ich will mit dieser freiwilligen Verwandlung auf das natürliche Recht der Sylphiden und auf die Gemeinschaft mit meinesgleichen verzichten, und mir also das Glück erwerben, zu heben und geliebt zu werden, indem ich nichts bin, als nur ein Weib. Meinem Überwinder dienend, will ich ihn die ganze ihm noch unbewußte Erhabenheit seiner Natur erkennen lassen und er wird uns mit den Elementen, deren Gebiet ich verlassen habe, die Geister aller Sphären unterwerfen. Er ist dazu geschaffen, König der Welt zu sein, und ich werde die Königin, seine von ihm angebetete Königin sein. Diese Betrachtungen, die in einem mit Organen nicht beschwerten Wesen schneller, als Sie glauben können, aufeinanderfolgten, bewirkten auf der Stelle meinen Entschluß. Ich nahm einen mir äußerlich gleichenden weiblichen Körper an, um ihn nur mit meinem Leben wieder zu verlassen. Sobald ich mich verkörpert hatte, Alvaro, erkannte ich, daß ich ein Herz besaß. Ich bewunderte, ich liebte Sie; aber was wurde aus mir, als ich in Ihnen nur Abneigung und Haß antraf! Ich konnte mich nicht zurückverwandeln, ja, nicht einmal bereuen. Allen Unfällen unterworfen, die Geschöpfe Ihrer Art betreffen, von dem Unwillen der Geister, von dem unversöhnlichen Hasse der Nekromanten verfolgt, war ich ohne Ihren Schutz das unglücklichste Wesen unter der Sonne. Was sage ich! Ich würde es ja ohne Ihre Liebe noch immer sein. Die tausendfältige Anmut und Holdseligkeit, die ihre Gesichtszüge und Gebärden, die der Ton ihrer Stimme dabei ausdrückte, unterstützte das Blendwerk dieser anziehenden Mitteilung. Ich begriff nichts von dem, was ich hörte. Aber was war denn überhaupt Begreifliches an meinem Abenteuer? Es kommt mir alles wie ein Traum vor, sprach ich zu mir, doch, was ist das ganze menschliche Leben anders als ein Traum? Ich träume nur ungewöhnlicher als ein anderer, das ist alles. Ich habe es mit meinen Augen gesehen, wie sie, fast an den Pforten des Todes und Erschöpfung und Schmerzen jeglicher Art erleidend, von der Kunst alle Hilfe empfing.

Der Mann wurde aus ein wenig Staub und Wasser geschaffen. Warum sollte ein Weib nicht aus Tau, Dünsten der Erde und Lichtstrahlen, aus verdichteten Regenbogenteilchen entstehen? Wo ist das Mögliche, wo das Unmögliche?

Das Ergebnis meiner Betrachtungen war, daß ich mich meiner Neigung noch mehr hingab, indem ich meine Vernunft zu beraten suchte. Ich überschüttete Biondetta mit Aufmerksamkeiten und unschuldigen Liebkosungen. Sie überließ sich ihnen mit einer Unbefangenheit, die mich bezauberte, und mit jener natürlichen Verschämtheit, die ebensowenig aus Furcht, wie aus Absieht entspringt.

Ein Monat war mir in Genüssen vergangen, die mich trunken gemacht hatten. Die völlig wiederhergestellte Biondetta konnte mich auf allen Spaziergängen begleiten. Ich hatte ihr ein Amazonenkleid machen lassen, und in diesem Kostüm, zu dem sie einen großen Federhut trug, zog sie die Blicke aller auf sich, so daß wir uns niemals öffentlich zeigten, ohne daß mein Glück der Gegenstand des Neides all jener wurde, die an schönen Tagen die reizenden Ufer der Brenta bevölkerten. Ja, die Frauen sogar schienen in bezug auf Biondetta die Eifersucht aufgegeben zu haben, deren man sie beschuldigt, und entweder von ihrer unverkennbaren Überlegenheit überwunden oder von ihrem Anstande entwaffnet zu sein, der da eine so gänzliche Unbewußtheit ihrer Vorzüge kundgab.

Aller Welt als der begünstigte Liebhaber eines so hinreißenden Wesens bekannt, wurde ich bald ebenso stolz als verliebt, und noch übermütiger, wenn ich mir mit dem Gedanken an ihren glänzenden Ursprung schmeichelte.

Ich konnte nicht bezweifeln, daß sie die seltensten Kenntnisse besaß, und mit Recht durfte ich vermuten, daß es ihre Absicht war, mich damit auszustatten, aber dennoch sprach sie mit mir nur von gewöhnlichen Dingen und schien jenen andern Punkt ganz aus den Augen verloren zu haben.

»Biondetta,« sagte ich eines Abends zu ihr, da wir auf der Terrasse meines Gartens lustwandelten, »als Ihre, meinerseits nur allzuwenig verdiente Neigung zu mir Sie bewog, Ihr Schicksal mit dem meinigen zu verbinden, versprachen Sie, mich Ihrer würdig zu machen, indem Sie mir Kenntnisse mitteilten, die nicht für jedermann bestimmt seien. Scheine ich Ihnen nun Ihre Aufmerksamkeit nicht mehr zu verdienen? Muß nicht eine so zärtliche, so zarte Liebe wie die Ihrige verlangen, ihren Gegenstand geadelt zu sehen?«

»Oh, Alvaro!« antwortete sie, »ich bin seit sechs Monden Weib und es ist mir, als sei meine Leidenschaft noch keinen Tag alt. Verzeihen Sie mir, wenn die süßeste aller Regungen ein Herz trunken macht, das noch niemals zuvor etwas empfunden. Ich wollte, ich könnte Sie lehren, zu lieben wie ich; so würden Sie schon allein durch dieses Gefühl über ihresgleichen erhoben werden; aber ich weiß, der menschliche Hochmut strebt nach anderen Genüssen. Eine natürliche Ungeduld erlaubt ihm nicht, ein Glück zu ergreifen, wofern es ihm nicht die Aussicht auf ein viel größeres eröffnet. Ja, ich werde Sie unterrichten, Alvaro! Ich vergesse mit Freuden meinen Vorteil. Er will es, da ich meine Größe in der Ihrigen wiederfinden muß. Aber es ist nicht genug, daß Sie mir versprechen, mir anzugehören, Sie müssen sich mir ohne Einschränkung und für immerdar ergeben.

Wir saßen auf einer Rasenbank, unter einem Laubendach von Geißblatt, im entlegensten Teile des Gartens; ich warf mich vor ihr nieder. »Liebe Biondetta!« sprach ich zu ihr, »ich gelobe Ihnen unverbrüchliche Treue!«

»Nein,« sagte sie, »Sie kennen mich nicht, Sie kennen sich nicht: Sie müssen sich mir gänzlich hingeben. Das allein kann mich beruhigen und mir genügen.«

Ich küßte ihr die Hand mit Entzücken und verstärkte meine Schwüre; sie hielt mir ihre Besorgnisse entgegen. Im Feuer des Gesprächs neigen sich unsere Köpfe zueinander, treffen sich unsere Lippen ... In diesem Augenblick fühle ich mich am Rockschoße erfaßt und mit einer seltsamen Kraft geschüttelt ...

Es war mein Hund, ein kleiner Däne, den ich geschenkt erhalten hatte. Ich ließ ihn alle Tage mit meinem Schnupftuch spielen. Weil er am vergangenen Abend aus dem Hause entlaufen war, hatte ich ihn, um es zum zweiten Male zu verhüten, anbinden lassen. Er hatte seine Bande zernagt und mich ausgespürt, wo er mich dann am Rock zupfte, um mir seine Freude zu bezeigen, und mich neckte. Ich mochte ihn mit Geste und Zuruf wegscheuchen wie ich wollte, es war nicht möglich, ihn zu entfernen: er sprang und bellte solange um mich herum, bis ich, seiner Zudringlichkeit müde, ihn beim Halsband faßte und ins Haus zurückführte. Als ich wieder zu Biondetta in die Laube kam, folgte mir ein Diener fast auf dem Fuße nach und meldete, daß angerichtet sei, worauf wir uns zu Tisch setzten. Biondetta hätte können dabei verlegen scheinen. Glücklicherweise waren wir nicht allein, ein junger Nobile brachte den Abend mit uns zu.

Am nächsten Morgen begab ich mich zu Biondetta, fest entschlossen, ihr mitzuteilen, welche ernstlichen Betrachtungen ich über

Nacht angestellt hatte. Sie lag noch zu Bett, und ich setzte mich neben sie. »Wir waren gestern nahe daran,« sagte ich, »eine Torheit zu begehen, die mich mein ganzes Leben lang gereut haben würde. Meine Mutter verlangt durchaus, daß ich mich verheirate. Ich vermöchte keiner andern als Ihnen anzugehören und kann doch auch keine ernste Verbindung ohne mütterlichen Rat eingehen. Ich betrachte Sie schon als meine Gattin, liebe Biondetta, und es ist also meine Pflicht, Sie zu achten.«

»Muß ich Sie denn etwa nicht ebenfalls achten, Alvaro? Aber wenn dieses Gefühl das Gift der Liebe wäre? ...«

»Sorgen Sie nicht,« versetzte ich, »es ist ihre Würze ...« »Eine schöne Würze, die Sie so kalt wie Eis wieder zu mir kommen läßt und mich selbst versteinert. Ach, Alvaro, Alvaro! Ich kenne glücklicherweise weder Vernunft noch Rücksichten, habe weder Vater noch Mutter, und will von ganzem Herzen ohne solche Würze lieben. Sie haben Pflichten gegen Ihre Mutter zu erfüllen, das ist natürlich; aber es ist schon genug, daß ihre Zustimmung die Vereinigung unserer Herzen bestätige, weshalb muß sie ihr vorangehen? Die Vorurteile sind euch aus Mangel an Einsicht angeboren und ihr mögt nun richtig oder unrichtig folgern, so gestalten sie euer Betragen ebenso folgewidrig wie verwunderlich. Während ihr wahrhaften Pflichten unterworfen seid, legt ihr euch deren auf, die, wo nicht unmöglich, so doch unnütz zu erfüllen sind, und wollt euch kurz und gut in der Erstrebung eines Gegenstandes von dem rechten Weg entfernen, wo der Besitz euch als das wünschenswerteste erscheint.

Unsere Verbindung, unser Verhältnis zueinander wird von eines andern Willkür abhängig gemacht. Wer weiß, ob Donna Mencia finden wird, daß ich von genügend gutem Hause sei, um in die Familie der Maravillas aufgenommen zu werden? Und ich sollte mich vielleicht abgewiesen sehen? Oder anstatt, daß Sie selbst sich mir hingeben, Sie ihr zu verdanken haben? Ist dies ein zu hoher Wissenschaft berufener Mann, der mit mir spricht, oder ein erst aus dem Gebirge von Estremadura kommender Knabe? Und habe ich etwa kein Zartgefühl, da das anderer um soviel mehr als das meinige geschont wird? Alvaro! Alvaro! Man rühmt die Liebe der Spanier; aber Sie zeigen zu jeder Zeit mehr Stolz und trotziges Wesen als Liebe.«

Ich hatte Auftritte erlebt, die außerordentlich genug waren; auf einen solchen konnte ich nicht vorbereitet sein. Ich wollte meine Rücksicht auf meine Mutter entschuldigen; die Pflicht schriebe sie mir vor, und noch vielmehr Dankbarkeit und Anhänglichkeit. Aber ich wurde nicht gehört. »Ich bin nicht umsonst ein Weib geworden, Alvaro: Sie verdanken mich mir, ich will Sie Ihnen verdanken. Donna Mencia mag nachher ihre Zustimmung versagen, wenn sie eine Törin ist. Sprechen Sie mir nicht mehr davon! Seitdem Sie mich und sich und alle Welt achten, werde ich noch unglücklicher als ich war, da Sie mich haßten.« Und damit fing sie zu schluchzen an.

Glücklicherweise bin ich stolz, und dies Gefühl bewahrte mich vor der Schwäche, die mich verleiten wollte, Biondetta zu Füßen zufallen, um womöglich ihren unvernünftigen Zorn zu beschwichtigen und die Tränen zu stillen, deren bloßer Anblick mich in Verzweiflung stürzte. Ich verließ sie und ging in mein Kabinett. Hätte mich einer darin angekettet, so würde er mir einen Dienst geleistet haben. Zuletzt lief ich zu meiner Gondel, weil ich den Ausgang des Kampfes fürchtete, den ich bestand: eine von Biondettas Frauen begegnete mir unterwegs. »Ich fahre nach Venedig,« sagte ich. »Meine Anwesenheit dort ist in dem gerichtlichen Verfahren nötig, das ich gegen Olympia eingeleitet habe.« Und sogleich fahre ich ab, der peinlichsten Unruhe preisgegeben, und mit Biondetta, noch mehr aber mit mir selbst unzufrieden, weil ich erkennen mußte, daß mir nur erniedrigende und verzweifelte Auswege übrig blieben.

Ich komme zur Stadt und halte am ersten Aussteigeplatz an. Ich durchlaufe ganz verstört alle Straßen, die mir im Wege liegen, und bemerke nicht, daß ein furchtbares Unwetter auf mich einzubrechen droht und daß ich Ursache habe, mich nach einem Obdach umzusehen.

Es war eben Mitte Juli. Bald wurde ich von einem Regengusse überrascht, der mit Hagel vermischt herabstürzte.

Ich sehe vor mir eine Tür offen stehen; es war die Kirchenpforte des großen Franziskanerklosters; und ich flüchtete mich da hinein.

Mein erster Gedanke war, daß es eines solchen Unfalles bedurft hatte, um mich zum ersten Male seit meinem Aufenthalt auf dem Gebiete der Republik wieder in eine Kirche zu führen, der nächste, daß ich mich wegen dieses gänzlichen Vergessens meiner Pflichten vor mir selbst rechtfertigte.

Um kurz zu sein, meinen Gedanken zu entfliehen, betrachtete ich die Gemälde und Denkmäler, die in dieser Kirche aufgestellt sind: eine Art Entdeckungsreise, die ich rings um Schiff und Chor herum mache. So gelangte ich endlich in eine tiefe, von einer Ampel erhellte Kapelle, in die kein Tageslicht dringen kann, meine Blicke stoßen auf etwas, das sich aus dem Hintergrunde der Kapelle hervorhebt; es war ein Denkmal.

Zwei Genien senkten eine weibliche Figur in ein Grab von schwarzen Marmor, zwei andere Genien daneben vergossen Tränen. Die Figuren waren von weißem Marmor und ihr von dem Kontrast erhöhter Glanz schien, im Zurückstrahlen des schwachen Ampelschimmers, sie mit mattem Tag zu umgeben und die Tiefe der Kapelle mit sanftem Licht zu füllen.

Ich trat näher und betrachtete die Figuren; sie scheinen mir von schönstem Ebenmaße, voll Ausdruck und von hoher Vollendung zu sein. Ich richte mein Auge auf den Kopf der Hauptfigur. Wie wird mir? Ich glaube das Bildnis meiner Mutter zu sehen. Lebhafter, inniger Schmerz, heilige Ehrfurcht ergreifen mich. Oh, meine Mutter! Soll ich also durch diesen kalten Stein, der deine teuren Züge entliehen hat, daran gemahnt werden, daß meine geringe Zärtlichkeit gegen dich und mein ausschweifender Lebenswandel dich ins Grab stürzen werden? Oh, du würdigste aller Frauen! So verirrt auch dein Alvaro ist, hat er dir dennoch deine Gewalt über sein Herz nicht entzogen. Ehe er dir den Gehorsam kündigt, den er dir schuldig ist, würde er lieber tausendmal sterben: zum Zeugen dessen ruft er diesen unempfindlichen Marmor an. Ach! ich werde von der allergrausamsten Leidenschaft verzehrt, und es ist mir ferner unmöglich, sie zu beherrschen. Du sprichst hier zu meinen Augen: Sprich, oh, sprich zu meinem Herzen! Und wenn ich sie herausreißen soll, so lehre mich es vollbringen, ohne daß es mir das Leben kostet.

Während ich diese dringende Beschwörung mit Kraft aussprach, hatte ich mich mit dem Antlitz zu Boden geworfen und erwartete in dieser Lage die Antwort, die ich in meiner Ekstase fast gewiß war, zu empfangen.

Ich bedenke jetzt, was ich damals nicht imstande war zu tun, daß wir zu allen Zeiten, wo wir einer außerordentlichen Hilfe bedürfen, um unser Tun und Lassen zu bestimmen, sie nur mit rechter Innigkeit ansprechen müssen, weil wir dann auch für den Fall, daß wir nicht erhört werden, doch wenigstens, indem wir uns sammeln, den Vorteil genießen, alle Hilfsquellen unserer eigenen Klugheit geltend zu machen. Ich hätte verdient, von der meinigen im Stiche gelassen zu werden, und sie gab mir diesen Rat: du mußt die Erfüllung einer Pflicht und einen beträchtlichen Raum zwischen deine Leidenschaft und dich schieben: so werden dich die Ereignisse aufklären.

»Wohlan!« sprach ich, mich rasch erhebend, »ich will mein Herz meiner Mutter erschließen und mich noch einmal zu dieser geliebten Zufluchtsstätte retten.«

Ich begebe mich zu meinem gewohnten Gasthause, treibe einen Wagen auf, und schlage, ohne mich mit Gepäck zu beschweren, die Straße nach Turin ein, um durch Frankreich nach Spanien zu reisen. Zuvor aber füge ich zu einer Anweisung von dreihundert Zechinen auf die Bank den nachstehenden Brief:

»An meine geliebte Biondetta!

Ich entreiße mich Ebnen, meine Teuerste! und würde mich damit dem Leben entreißen, wenn nicht die Hoffnung baldigster Rückkehr mein Herz tröstete. Ich besuche meine Mutter; von Ihrem holdseligen Bilde beseelt, werde ich sie überreden, und mit ihrer Zustimmung sodann wiederkehren, um eine Verbindung einzugehen, in der mein ganzes Glück beruht. Zufrieden, meine Pflicht erfüllt zu haben, ehe ich mich der Liebe gänzlich hingegeben, werde ich mein ganzes übriges Leben Ihnen widmen. Sie werden einen Spanier kennen lernen, meine Biondetta; Sie werden aus seinem Betragen entnehmen, daß, wenn er den Forderungen der Ehre und des Blutes genügt, er doch auch ebenso andere Verpflichtungen zu erfüllen versteht. Wenn Sie die guten Folgen seiner Vorurteile sehen, werden Sie das Gefühl, welches ihn damit verknüpft, nicht Stolz nennen. Ich kann an Ihrer Liebe nicht zweifeln; sie hatte mir einen unbedingten Gehorsam zugesagt. Ich werde sie noch voll-kommener aus dieser kleinen Nachgiebigkeit gegen Absichten er-kennen, die nichts anderes zum Gegenstande haben, als unsere gemeinsame Glückseligkeit. Ich sende Ihnen beiliegend, was etwa zum Unterhalt unseres Hauswesens erforderlich ist, und werde Ihnen ferner aus Spanien zukommen lassen, was ich Ihnen nur Ihrer irgend Würdiges bieten kann, bis daß die leidenschaftlichste Zärt-lichkeit auf der Welt Ihnen für immer Ihren Sklaven wiedergibt.«

Ich befand mich auf dem Wege nach Estremadura. Es war eben die schönste Jahreszeit und alles schien meiner ungeduldigen Sehn-sucht nach dem Wiederanblick meines Vaterlandes entgegenzu-kommen. Ich entdeckte schon die Türme von Turin, als eine übel-zugerichtete Postchaise meinen Wagen überholt, anhält und mich hinter ihrem Schlage eine Dame sehen läßt, die mir ein Zeichen gibt und sich anschickt, herauszuspringen.

Mein Postillon hält von selbst an; ich steige aus und halte Bion-detta in meinen Armen, in denen sie ohnmächtig und bewußtlos liegen bleibt. Sie hatte nur die wenigen Worte stammeln können: »Alvaro, Sie haben mich verlassen!«

Ich trage sie in meine Chaise, den einzigen Ort, wo ich sie be-quem niederlassen konnte, da sie zum Glück zweisitzig war. Ich tue mein Möglichstes, ihr das Atmen zu erleichtern, indem ich sie von den Kleidungsstücken befreie, die sie daran hindern, und indem ich sie so in meinen Armen halte, setze ich meinen Weg in einem Zu-stande fort, den man sich vorstellen kann.

Wir halten in dem ersten Gasthause, das einiges Ansehen hat; ich lasse Biondetta in das beste Zimmer tragen, lasse sie auf ein Bett bringen und setze mich neben sie. Ich hatte allerlei Elixiere herbei-bringen lassen, die geeignet waren, eine Ohnmacht zu heben. End-lich schlägt sie die Augen auf.

»Man hat noch einmal meinen Tod gewollt,« spricht sie, »dem soll genügt werden.« »Wie ungerecht!« erwiderte ich, »eine Laune hält Sie ab, überlegte und notwendige Schritte von meiner Seite zu billigen. Ich laufe Gefahr, meine Pflicht zu verletzen, wenn ich nicht stark genug bin, Ihnen zu widerstehen, und setze mich damit Un-annehmlichkeiten und Gewissensbissen aus, die die Ruhe unserer

Verbindung beeinträchtigen würden. Ich entschließe mich zur Flucht, um die Einwilligung meiner Mutter einzuholen ...«

»Und warum lassen Sie mich Ihren Willen nicht wissen, Grausamer? Bin ich nicht dazu geschaffen, Ihnen zu gehorchen? Ich würde Sie begleitet haben. Aber mich allein und schutzlos zurückzulassen, mich der Rache der Feinde preiszugeben, die ich mir um Ihretwillen gemacht, mich den demütigendsten Kränkungen durch Ihre Schuld ausgesetzt zu sehen ...«

»Erklären Sie sich, Biondetta; sollte jemand gewagt haben? ...«

»Und was hätte er denn bei einem armen Geschöpfe meiner Art zu wagen, das ohne Heimat, Freund und Herrn ist! Der verruchte Bernadillo war uns von Venedig gefolgt; zwar ist er ohnmächtig gegen mich, seitdem ich Ihnen angehöre, aber imstande, meine Diener zu beunruhigen; kaum sind Sie also verschwunden und hat er Sie nicht mehr zu fürchten, als er Ihr Haus an der Brenta von Trugbildern, die er hervorgerufen hat, belagern läßt. Meine erschreckten Zofen verlassen mich. Einem allgemeinen Gerüchte nach, das viele Briefe bestätigen, hat ein Kobold einen Kapitän von der Garde des Königs von Neapel nach Venedig entführt. Man versichert, ich sei der Kobold und das wird fast von allen Anzeichen erwiesen. Jedermann geht mir mit Entsetzen aus dem Wege. Ich flehe um Hilfe und Mitleid, ich finde es nicht. Zuletzt verschafft mir Gold, was man der Menschlichkeit vorenthalten hat. Man verkauft mir zu hohem Preise eine schlechte Chaise, ich finde Wegweiser, Postillone; ich folge Ihnen ...«

Meine Festigkeit wäre durch die Erzählung von Biondettas Unfällen beinahe erschüttert worden.

»Ich konnte Ereignisse solcher Art nicht vorhersehen,« sagte ich zu ihr. »Ich hatte bemerkt, daß alle Bewohner der Ufer der Brenta Ihnen mit Achtung und Aufmerksamkeit begegneten, die Ihnen so wohlerworben zu sein schien. Wie konnte ich denken, daß man sie Ihnen in meiner Abwesenheit streitig machen würde? O Biondetta! Sie sind so weitblickend: konnten Sie nicht voraussehen, daß Sie mich zu verzweifelten Entschlüssen treiben mußten, indem Sie so vernünftigen Absichten, wie den meinigen, entgegenhandelten? Warum ...?«

»Kann man es denn immer über sich gewinnen, nicht zu widersprechen? Ich bin zwar ein Weib aus eigener Wahl, Alvaro, aber doch immer ein Weib, dem ausgesetzt, für alle Eindrücke empfänglich zu sein; ich bin nicht von Marmor. Ich habe zu der Bildung meines Körpers zwischen den Zonen den Urstoff ausgewählt, der sehr leicht erregbar ist; wäre er es nicht, so würde ich des Gefühls ermangeln und Ihnen gleichgültig sein, indem Sie mir keines einflößten. Vergeben Sie mir, daß ich es habe darauf ankommen lassen, mit meiner Gestalt zugleich alle Unvollkommenheiten meines Geschlechts anzunehmen, um nach Möglichkeit alle Reize desselben in mir zu vereinigen. Aber die Torheit ist geschehen, und einmal so beschaffen, wie ich gegenwärtig bin, sind meine Empfindungen von einer Lebhaftigkeit, der nichts zu vergleichen: mein Temperament ist ein Vulkan. Ich besitze Leidenschaften, deren Heftigkeit Sie allerdings erschrecken dürfte, wenn Sie nicht eben der Gegenstand der allerungestümsten wären, und wenn wir uns nicht besser auf die Prinzipien und Wirkungen solch natürlicher Regungen verständen, als man dieselben in Salamanka studiert. Man gibt ihnen da gehässige Namen, spricht wenigstens davon, sie zu ersticken. Eine himmlische Flamme zu ersticken, die einzige Schwungkraft, vermöge der Seele und Körper wechselseitig aufeinander einwirken und sich nötigen können, die erforderliche Verbindung zwischen sich aufrecht zu erhalten! Das ist sehr unverständlich, mein lieber Alvaro. Man muß wohl diese Regungen lenken, aber ihnen auch zuweilen nachgeben; wenn man sie durchkreuzt, wenn man sie zur Empörung treibt, entfliehen sie alle miteinander, so daß dann die Vernunft nicht mehr weiß, wo sie sich festsetzen soll, um zu herrschen. Schonen Sie mich in diesen Augenblicken, Alvaro; ich bin erst sechs Monate alt, und von allem, was ich empfinde, enthusiasmiert. Bedenken Sie, daß eine abschlägige Antwort, ein einziges Wort, das Sie mir unbedachterweise sagen, die Liebe kränkt, den Stolz empört, Verdruß, Mißtrauen, Furcht erweckt: was sage ich? Ich sehe schon meinen armen Kopf verdreht und meinen Alvaro ebenso unglücklich werden wie mich!«

»Oh, Biondetta!« erwiderte ich, »man kommt bei Ihnen nicht aus dem Staunen heraus; ich meine die Natur selber in den Bekenntnissen zu erkennen, die Sie mir von Ihren Neigungen machen. Wir werden einen Beistand gegen sie in unserer gegenseitigen Zärtlichkeit finden. Und was haben wir nicht auch sonst noch von dem Rate meiner würdigen Mutter zu erhoffen, die uns mit offenen Armen empfangen wird? Sie wird Sie zärtlich liebgewinnen, das sehe ich voraus, und es wird sich alles vereinigen, uns glückliche Tage zu bereiten ...«

»Ich muß wollen, was Sie wollen, Alvaro. Ich kenne mein Geschlecht besser, und kann nicht soviel hoffen wie Sie; aber ich will Ihnen folgen, Ihnen zu gefallen, und ergebe mich darein.«

Zufrieden mit der Zustimmung und in Gesellschaft derjenigen, von der meine Vernunft und meine Sinne befangen waren, nach Spanien unterwegs zu sein, suchte ich eiligst über die Alpen hinweg nach Frankreich zu kommen; es schien jedoch, als ob der Himmel mir entgegen wäre, seitdem ich mich nicht mehr allein befand. Furchtbare Unwetter hielten meine Reise auf und machten die Wege schlecht, die Pässe unzugänglich. Die Pferde ermüden, und mein anscheinend neuer und wohl in Stand gesetzter Wagen wird mit jeder Station zerbrechlicher, so daß es bald an der Achse, bald am Gestelle, bald an den Rädern fehlt. Endlich, nach unendlichen Umwegen, erreiche ich den Engpaß von Tende.

Bei aller Unruhe und Verlegenheit, die mir eine so unangenehme Reise bereiteten, bewunderte ich doch Biondettas Wesen. Sie war nicht mehr das zärtliche, betrübte oder leidenschaftliche Weib, als das ich sie bisher kannte. Es schien, als wollte sie meine Sorgen zerstreuen, indem sie sich der lebhaftesten Munterkeit überließ, um mir glauben zu machen, kein Ungemach schrecke sie. Dies anmutige Getändel war mit allzu verführerischen Liebkosungen untermischt, als daß ich mich ihnen hätte entziehen können: ich überließ mich ihnen, wenn auch mit Zurückhaltung; mein gekränkter Stolz bezähmte die Heftigkeit meiner Begierde. Sie las zu gut in meinen Augen, um nicht meine Verwirrung zu erkennen und noch zu steigern. Ich kam in Gefahr: ich muß es gestehen. In einem Falle besonders weiß ich nicht, was aus dem Vorsatze meines Ehrgefühls geworden wäre, wenn wir nicht ein Rad gebrochen hätten. Das diente mir für die Zukunft einigermaßen als Warnung.

Nach unglaublichen Beschwerlichkeiten langten wir in Lyon an. Ich willigte aus Rücksicht für sie ein, dort einige Tage zu rasten. Sie machte mich auf die ungezwungenen, leichten Sitten der Franzosen aufmerksam.»In Paris, bei Hofe, wünschte ich, daß Sie sich niederließen. Es würden sich Ihnen da alle Möglichkeiten bieten und Sie könnten alles sein und werden, was Ihnen beliebte. Ich habe sichere Mittel und Wege, Sie die größte Rolle spielen zu lassen; die Franzosen sind galant. Wenn ich meine Persönlichkeit nicht überschätze, so würde mir huldigen, was es nur Ausgezeichnetes unter ihnen gibt, und ich wollte alle meinem Alvaro aufopfern. Welch schöner Triumph für die spanische Eitelkeit.«

Ich nahm diesen Vorschlag als Scherz auf. »Nein,« sagte sie, »es ist damit mein voller Ernst ...«

»Also schnell nach Estremadura weiter!« antwortete ich. »Auf der Rückkehr wollen wir dem französischen Hofe die Gemahlin des Don Alvaro Maravillas vorstellen; denn es würde doch nicht eben schicklich für Sie sein, sich ihm als Abenteuerin zu zeigen ...«

»Ich bin auf dem Wege nach Estremadura,« sagte sie, »und muß wohl erwarten, an diesem Ziele mein Glück zu finden; wie sollte ich darum nicht verlangen, bald hinzukommen?«

Ich sah und erkannte wohl ihren Widerwillen; aber ich verfolgte mein Ziel und befand mich bald auf spanischem Boden. Unvorhergesehene Hindernisse, Schluchten, grundlose Straßen, betrunkene Maultiertreiber, scheuende Tiere machten mir hier noch mehr zu schaffen als in Piemont und Savoyen.

Man hat über spanische Wirtshäuser viel und mit Recht geklagt; desungeachtet fühlte ich mich sehr glücklich, wenn das den Tag über erlittene Ungemach mich nicht nötigte, auch noch einen Teil der Nacht auf freiem Felde oder in einer abgelegenen Scheune zuzubringen.

»Was für ein Land suchen wir auf,« sagte sie, »nach dem zu urteilen, was wir zu erdulden haben! Sind wir noch weit davon?«

»Sie befinden sich in Estremadura,« versetzte ich, »und zwar höchstens zehn Stunden noch vom Schlosse Maravillas entfernt ...«

»Wir kommen ganz gewiß nicht hin; der Himmel verwehrt uns den Zugang. Sehen Sie, was für Dunstmassen an ihm aufsteigen!«

Ich sah zum Himmel empor, und er hatte mir noch niemals so drohend geschienen. Ich beruhigte Biondetta damit, daß die Scheuer, bei der wir uns befanden, uns gegen das Wetter schützen könne.

»Wird sie uns auch vor dem Wetterstrahl Schutz verleihen?« fragte sie ...

»Was kümmert Sie der Wetterstrahl, die Sie gewohnt sind, in den Lüften zu leben, die Sie ihn so oft haben entstehen sehen und seine physischen Ursachen so wohl kennen müssen?«

»Ich würde ihn nicht fürchten, wenn ich ihn weniger gut kennte: ich habe mich aus Liebe zu Ihnen den natürlichen Zufällen unterworfen und scheue sie, weil sie töten und eben natürlichen Ursprungs sind.«

Wir saßen auf zwei Haufen Stroh, an den entgegengesetzten Enden der Scheuer. Inzwischen kam das Gewitter, nachdem es von weitem gegrollt hatte, näher und tobte fürchterlich. Der Himmel glich einer ungeheuren Kohlenpfanne, in die aus tausend verschiedenen Richtungen die Winde bliesen. Die von den Höhlen der benachbarten Berge wiederholten Donnerschläge erschollen gewaltig rings um uns her. Sie folgten nicht aufeinander, sie schienen aneinander zu stoßen. Sturm, Hagel, Regen wetteiferten, wer von ihnen das meiste Grausen zu dem erschreckenden Schauspiele fügen möchte, das unsere Sinne betäubte. Ein Blitz fuhr nieder, der unsere Zufluchtsstätte zu treffen schien. Ein entsetzlicher Schlag erfolgte. Mit festgeschlossenen Augen, die Ohren mit den Fingern verstopfend, stürzte Biondetta in meine Arme: »Ach Alvaro! ich bin verloren ...«

Ich will sie beruhigen. »Legen Sie die Hand auf mein Herz,« sagte sie. Sie führt sie an ihre Brust, und wiewohl sie sich irrte und sie auf eine Stelle legte, wo die Schläge nicht am fühlbarsten sein konnten, so unterschied ich doch, daß ihre Erregung außerordentlich war. Sie schloß mich mit aller Kraft und bei jedem Blitzstrahl inniger in ihre Arme. Schließlich erdröhnte ein Schlag noch weit furchtbarer als alle vorherigen. Biondetta schützte sich vor ihm auf eine Weise, daß er, wenn er einschlug, sie nicht treffen konnte, ohne mich vorher selbst getötet zu haben.

Diese Wirkung der Furcht kam mir sonderbar vor und ich begann, mich nicht vor den Schlägen des Donners, sondern vor den Anschlägen ihres Kopfes zu fürchten, die darauf abzielten, den Widerstand zu besiegen, den ich ihren Absichten mit mir entgegensetzte. Obgleich mehr, als ich sagen könnte, von Sinnen, stehe ich doch auf und sage: »Biondetta, Sie wissen nicht, was Sie tun! Beschwichtigen Sie Ihre Furcht. Dies Getöse bedroht weder Sie noch mich.«

Mein Gleichmut mußte sie überraschen; aber sie konnte mir dadurch ihre Gedanken verhehlen, indem sie eine fortwährende

Unruhe heuchelte. Glücklicherweise war die Kraft des Gewitters gebrochen. Der Himmel hellte sich auf, und nicht lange, so verkündigte uns der Mondschein, daß wir vom Kampf der Elemente nichts mehr zu befürchten hatten.

Biondetta verblieb auf der Stelle, an der sie sich eben befand. Ich setzte mich neben sie, ohne ein Wort zu sprechen; sie tat, als schliefe sie, und ich verlor mich in so schwermutsvolles Nachdenken, wie noch nie seit dem Beginn meines Abenteuers, über die notwendig übeln Folgen meiner Leidenschaft. Und dies waren, kurz, meine Betrachtungen: Meine Geliebte war reizend; aber ich wollte sie zu meiner Frau machen.

Der Tag überraschte mich noch bei diesen Gedanken, und ich stand auf, um nachzusehen, ob ich wohl meine Reise würde fortsetzen können. Dies war für den Augenblick unmöglich. Der Eseltreiber, der meine Kalesche fuhr, sagte mir, seine Maultiere seien vorderhand untauglich. In dieser Verlegenheit trat Biondetta zu mir.

Ich fing schon an, die Geduld zu verlieren, als ein Mann mit einem unheimlichen Gesicht, aber von kraftvollem Körperbau am Eingang der Meierei sich zeigte, wie er zwei stattliche Maultiere vor sich hertrieb. Ich schlug ihm vor, mich ans Ziel meiner Reise zu bringen; er kannte den Weg und wir wurden über den Lohn einig.

Eben wollte ich wieder in meinen Wagen steigen, als ich eine Bäuerin mit einem Knecht quer über den Weg gehen sah, die mir bekannt vorkam. Ich trat auf sie zu, faßte sie scharf ins Auge: es war Bertha, eine ehrbare Pächterin meines Dorfes, die Schwester meiner Amme. Ich rufe sie an, sie bleibt stehen und sieht mich ihrerseits, wiewohl mit Bestürzung, an. »Ei was! Sind Sie es,« spricht sie, »gnädiger Don Alvaro? Was suchen Sie an einem Orte, wo Ihr Verderben Ihnen zugeschworen ist, wo Sie alles in Trostlosigkeit versetzt haben? ...«

»Ich, meine gute Bertha? Was habe ich verbrochen?« »Ach, Don Alvaro, sagt Ihnen denn Ihr Gewissen nichts über die traurige Lage, in der Ihre würdige Mutter, unsere gute Herrin, sich befindet? Sie liegt im Sterben.« »Sie liegt im Sterben? ...« schrie ich.

»Ja,« fuhr sie fort, »infolge des Kummers, den Sie ihr gemacht haben; in dem Augenblicke, da ich von ihr rede, kann sie schon nicht mehr am Leben sein. Sie hat aus Neapel und Venedig Briefe erhalten. Man hat ihr ganz erschreckende Dinge geschrieben. Unser guter Herr, Ihr Bruder, ist sehr aufgebracht; er sagt, er werde Sie allerwegs verfolgen lassen, Sie anklagen, Sie selbst ausliefern ...«

»Schon gut, Frau Bertha, wenn Ihr wieder nach Maravillas geht und vor mir dahin kommen solltet, so tut nur meinem Bruder zu wissen, er werde mich alsbald vor sich sehen.« Und da die Kalesche angespannt ist, so gebe ich zu gleicher Zeit Biondetta die Hand und verberge die Verwirrung meiner Seele hinter dem äußern Schein von Festigkeit. »Wie?« spricht sie mit Entsetzen, »so wollen wir uns Ihrem Bruder in die Hände geben, durch unsere Gegenwart eine erbitterte Familie, gekränkte Untertanen noch mehr in Empörung versetzen?«

»Ich kann meinen Bruder nicht fürchten, Madame; wirft er mir ein Unrecht vor, das ich nicht begangen habe, so kommt es darauf an, daß ich ihn aufkläre. Habe ich es dagegen begangen, so muß ich mich entschuldigen und habe Ansprüche auf sein Mitleid und seine Nachsicht, da mein Herz davon nichts weiß. Habe ich durch meinen unordentlichen Lebenswandel meine Mutter ins Grab gestürzt, so muß ich das gegebene Ärgernis wieder gut machen, indem ich ihren Verlust so laut beweine, daß die Aufrichtigkeit und Offenkundigkeit meiner Reue angesichts von ganz Spanien den Flecken austilgen, den mein Mangel an kindlichem Gefühl meinem Geblüte aufgedrückt hat.«

»Ach, Don Alvaro! Sie gehen Ihrem und meinem Verderben entgegen. Diese von allerwärts her geschriebenen Briefe, diese so rasch und eifrig verbreitete üble Nachrede sind eine Folge unserer Abenteuer und der Nachstellungen, die ich schon in Venedig erfahren habe. Der treulose Bernadillo, den Sie nicht genügend kennen, treibt sein Wesen mit Ihrem Bruder und wird ihn noch dahin bringen ...«

»Ei, was habe ich von Bernadillo und von allen Schurken auf Erden zu fürchten? Ich bin mein einziger Feind, Madame, den ich zu fürchten habe. Man wird meinen Bruder niemals zu blinder Ungerechtigkeit und zu Handlungen verleiten, die eines verständigen, mutvollen Mannes, eines Edelmannes mit einem Wort, unwürdig sind.«

Auf diese ziemlich lebhafte Unterredung trat ein Stillschweigen ein, das für jeden von uns hätte peinlich werden können; aber Biondetta fing wenige Augenblicke nachher an, schläfrig zu werden, und entschlummerte bald völlig. Konnte ich vermeiden, sie zu betrachten? Konnte ich sie ohne Rührung ansehen? Aller Reichtum der Jugend und Schönheit prangte auf diesem Angesicht, und zu der natürlichen Anmut der Ruhe gesellte der Schlummer noch jene lebhafte liebliche Frische, die alle Züge verklärt. Ein neuer Zauber überkam mich; er verdrängte mein Mißtrauen und hob meine Unruhe auf, oder wenn er deren dennoch ein Teil in mir ließ, so war sie nur noch darum rege, daß der Kopf des Gegenstandes meiner Leidenschaft, der von den Stößen des Wagens hin und her geworfen wurde, nicht leiden möge. Ich beschäftigte mich nur noch damit, sie zu stützen und zu schützen. Aber wir erleiden plötzlich einen so derben Stoß, daß es mir unmöglich ist, seine Wirkung auf Biondetta zu lindern. Sie stößt einen Schrei aus und wir werfen um. Die Achse war zerbrochen; glücklicherweise waren die Maultiere stehen geblieben. Ich mache mich los, ich springe mit den lebhaftesten Besorgnissen Biondetta bei. Sie hatte nur eine leichte Quetschung am Ellbogen davongetragen und wir befinden uns alsbald im freien Felde auf den Füßen, allerdings der vollen Hitze der Mittagssonne ausgesetzt, und zwar noch fünf Stunden weit vom Schlosse meiner Mutter, ohne eine Möglichkeit, dahin zu gelangen, denn es ward unseren Blicken auch nicht eine menschliche Wohnung sichtbar.

Auf wiederholtes angestrengtes Umherspähen glaube ich indessen in der Entfernung einer Stunde Rauch wahrzunehmen, der hinter einem mit einzelnen hohen Bäumen untermischten Gehau aufsteigt. Ich vertraue meinen Wagen der Obhut des Maultiertreibers an und fordere Biondetta auf, mit mir in der Richtung zu gehen, wo sich uns Aussicht auf Hilfe eröffnet

Je weiter wir vorschreiten, desto mehr verstärkt sich unsere Hoffnung. Schon teilt sich das kleine Gebüsch, wie wir erkennen, in zwei Hälften und bildet einen Baumgang, an dessen Ende sich einige bescheidene Gebäude zeigen; ein stattlicher Meierhof wird im Hintergrunde sichtbar.

An diesem abgelegenen Orte scheint alles in Bewegung zu sein. Sobald man uns wahrnimmt, tritt ein Mann aus der Menge uns entgegen. Er begrüßt uns mit Höflichkeit. Sein Aussehen ist ehrbar. Er ist mit einem schwarzatlasnen, an den Einschnitten feuerfarben besetzten Wams bekleidet, das silberne Tressen schmücken. Sein Alter scheint fünfundzwanzig bis dreißig Jahre zu sein; seine Gesichtsfarbe kündigt den Landmann an, durch den Sonnenbrand schimmert Frische und verrät Lebenskraft und Gesundheit.

Ich unterrichte ihn von dem Unfalle, der uns zu ihm führt. »Gnädiger Herr,« versetzt er, »Sie sind mir jederzeit willkommen, und befinden sich unter guten Leuten. Ich habe hier eine Schmiede, darin soll Ihre Achse ausgebessert werden, aber heute könnten Sie mir alles Gold des erlauchten Herzogs von Medina Sidonia, meines Gebieters, geben, und es würde weder ich, noch einer der Meinigen Hand anlegen. Wir kommen aus der Kirche, meine Braut und ich: dies ist der schönste Tag unseres Lebens. Treten Sie ein. Wenn Sie die Neuvermählte, meine Verwandten, Freunde und Nachbarn sehen, die ich bewirten muß, so werden Sie einsehen, daß ich heute unmöglich arbeiten lassen kann. Übrigens, wenn die gnädige Frau und Sie die Gesellschaft von Leuten nicht verschmähen, die ihrer Hände Arbeit ernährt, solange die Monarchie besteht, so steht es nur bei Ihnen, ob Sie an unserm heutigen Glücke und unsern Freuden teilnehmen und sich mit uns zu Tische setzen wollen. Morgen denken wir dann an Ihre Sache! Sofort gibt er Befehl meinen Wagen herbeizuschaffen.

So bin ich denn bei Marcos, dem Pächter des Herzogs, zu Gaste, und wir treten in den zum Hochzeitsschmause hergerichteten Raum, der, an das Hauptwohngebäude stoßend, den ganzen innern Hof einnimmt, und der ein großes Laubgewölbe mit Bogengängen ist, an denen Blumengewinde herabhängen. Der Ausblick darunter hervor wird zunächst von den beiden kleinen Gebüschen begrenzt und verliert sich sodann durch den Baumgang hin in der anmutigen Ferne.

Der Tisch war gedeckt und besetzt. Luise, die Neuvermählte, sitzt zwischen Marcos und mir, Biondetta an Marcos Seite; die Väter und Mütter und andern Verwandten uns gegenüber; das junge Volk an beiden Enden der Tafel.

Die Braut schlug ihre großen schwarzen Augen nieder, die nicht dazu geschaffen waren, verstohlene Blicke zu werfen, und lächelte und errötete über alles, was man ihr sagte, selbst über gleichgültige Dinge.

Zu Anfang des Mahles war ein dem Charakter des Volkes entsprechender Ernst vorherrschend. Doch in dem Maße, in dem die um die Tafel herum aufgestellten vollen Weinschläuche zusammenschrumpften, schwand auch die steife Feierlichkeit von den Gesichtern. Alles belebte sich, als auf einmal die improvisierenden Poeten der Gegend beim Schmause erschienen. Es waren Blinde, die die folgenden Strophen zu ihren Gitarren sangen:

Sprach einst Marcos zu Luisen:
Nimm mein Herz und meine Treu.
Davon weitere Rede sei,
Sprach sie, zu des Altars Füßen.
Dorten dann mit Blick und Mund,
Gaben sie sich beide kund
Ihrer reinen Liebe Schwur; ja,
Wer da sonst begierig ist
Eheglück zu finden, wißt,
Suche in Estremadura.

Marcos hat der Neider viele,
Denn Luis' ist schön und klug,
Aber ohne weitern Trug
Bringt ihn sein Verdienst zum Ziele.
Alle rühmen auf einmal
Dieser beiden weise Wahl
Und so keusche Flamme nur; ja,
Wer da sonst begierig ist
Eheglück zu finden, wißt,
Suche in Estremadura..

Ja, von süßen Banden werden
Beider Herzen jetzt umfaßt,
Und es finden ihre Herden
In demselben Pferch nun Rast.
Ihre Freuden und ihr Bangen,
Leid und Sorgen und Verlangen

Folgen alle einer Spur; ja,
Wer da sonst begierig ist
Eheglück zu finden, wißt,
Suche in Estremadura.

Während man diesem Gesang zuhörte, der nicht minder einfach war, als diejenigen, für die er veranstaltet zu sein schien, machten sich die sämtlichen Knechte des Meierhofs, nachdem sie bei Tische aufgewartet hatten, mit einigen Zigeunern und Zigeunerinnen, die man zur Ergötzung der Gäste herbeigeholt hatte, über die Reste des Mahles her. Sie bildeten unter den Bäumen des breiten Zuganges ebenso belebte als mannigfaltige Gruppen und verschönerten unsere Aussicht.

Biondetta suchte unablässig meine Blicke und nötigte sie, sich diesen Gegenständen, die sie auf das angenehmste zu unterhalten schienen, zuzuwenden, indem sie mir gleichsam vorwarf, daß ich daran kein ebenso großes Vergnügen wie sie selbst empfand.

Indessen hatte der Schmaus den jungen Leuten schon zu lange gewährt, sie erwarteten den Tanz. Ältere Leute müssen nachsichtig und gefällig sein. Die Tafel wird abgedeckt, die Bretter, aus denen sie bestand, die Fässer, worauf diese ruhten, werden beiseite geschafft und dienen den Musikern nunmehr zu Gerüst und Gestelle ... Man spielt den sevillaner Fandango, und die jungen Zigeuner führen ihn mit ihren Castagnetten und baskischen Trommeln auf; die Hochzeitsgäste mischen sich unter sie und ahmen ihnen nach; der Tanz wird allgemein.

Biondetta scheint das Schauspiel mit den Augen zu verschlingen. Ohne von ihrem Platz zu weichen, folgt sie allen Bewegungen, die sie machen sieht. »Ich glaube,« spricht sie, »ich könnte leidenschaftlich tanzen;« und es dauert nicht lange, so ist sie dabei und zwingt mich, ebenfalls teilzunehmen.

Sie zeigt sich anfänglich ein wenig verlegen und sogar ungeschickt, doch bald findet sie sich darein und scheint nunmehr mit Anmut und Kraft ebensoviel Leichtigkeit und Sicherheit zu vereinigen. Sie erhitzt sich, sie braucht ihr Schnupftuch, vielmehr das meine, das ihr zuerst in die Hand kommt: sie pausiert nur so lange, bis sie sich abgetrocknet.

Tanzen war nie meine Leidenschaft und meine Seele empfand zu keiner Zeit Behagen genug, mich diesem Vergnügen hinzugeben. Ich entschlüpfe und entferne mich in einen Winkel des Laubdaches, wo ich einen Ort suche, an dem ich niedersitzen und träumen kann.

Ein ziemlich lautes Geschwätz stört mich und fesselt wider meinen Willen meine Aufmerksamkeit. Zwei Stimmen ertönen hinter mir. »Ja, ja,« sprach die eine, »er ist ein Kind des Planeten. Er wird nach Hause kommen. Sieh, Zoradilla, er ist am dritten März, drei Uhr morgens geboren ...« »Ja, wahrhaftig, Lelagisa,« versetzte die andere, »wehe den Kindern Saturns; der hier ist im Jupiter geboren, als Mars und Merkur in dreifacher Konjunktion mit Venus waren. Oh, der schöne Jüngling! Wie ihn die Natur begünstigt hat! Was für Hoffnungen darf er fassen! Welch ein Glück könnte er machen! aber ...«

Ich kannte die Stunde meiner Geburt und hörte sie hier mit der seltsamsten Genauigkeit angeben. Ich wende mich um und sehe die Schwätzerinnen an.

Ich erblicke zwei alte Zigeunerinnen, die nicht sitzen, sondern auf den Hacken kauern, im Gesicht gelber als Oliven, mit tiefliegenden stechenden Augen, eingekniffenem Munde, dünner unförmlicher Nase, die sich bis zum Kinn herunterkrümmt, wo sie anstößt; ein weiß- und blaugestreiftes Stück Zeug windet sich zwiefach um einen halbkahlen Schädel und fällt als Schärpe die Schultern entlang bis auf die Hüften hernieder, die nur halb bekleidet sind: mit einem Worte, zwei fast ebenso abschreckende als lächerliche Geschöpfe.

Ich trete zu ihnen. »Sprechen Sie von mir, meine Damen?« frage ich, da ich wahrnehme, daß sie mich fortwährend im Auge behalten und sich einander zuwinken ...

»Sie haben uns also gehört, Herr Kavalier?«

»Ganz gewiß,« versetzte ich, »wer hat Sie aber so gut von der Stunde meiner Geburt unterrichtet?«

»Wir hätten Ihnen noch ganz andere Dinge zu sagen, glücklicher junger Mann; aber wir müssen zuvor ein Zeichen in der Hand haben.«

»Wenn es nur darauf ankommt!« erwidere ich und gebe ihnen auf der Stelle eine Dublone.

»Siehst du, Zoradilla,« sprach die älteste, »wie nobel er ist, wie er dazu geschaffen, alle die Schätze, die ihm bestimmt sind, zu genießen? Geschwind, nimm die Gitarre und begleite mich.« Sie singt:

>   »Hispanien hat dich geboren,
>   Und Parthenope dich ernährt,
>   Die Erde bleibt dir zugeschworen,
>   Vom Himmel, was du nur erkoren,
>   Wird alles dir als Gunst gewährt.
>
>   Es könnte dich dein Glück verlassen,
>   Es ist so flüchtig, was dir lacht,
>   Du findest's nicht auf allen Gassen,
>   Du mußt es unverzagt erfassen,
>   Wofern du weise bist bedacht.
>
>   Was ist das holde Kind der Zweifel,
>   Das dir zu eigen sich ergab,
>   Es ist ... .«

Die Alten waren im Zuge und ich war ganz Ohr. Biondetta hat den Tanz verlassen, ist herzugeeilt, zieht mich am Arme, zwingt mich, mich zu entfernen. »Warum haben Sie mich verlassen, Alvaro? Was tun Sie hier?«

»Ich hörte zu,« antwortete ich.

»Wie!« sprach sie, mich fortziehend, »Sie hörten auf diese alten Mißgeburten? ...«

»In der Tat, meine teure Biondetta, diese Kreaturen sind sonderbar; sie wissen mehr als man ihnen zutraut. Sie sagten mir ...«

»Ohne Zweifel«, versetzte sie höhnisch, »trieben sie ihr Handwerk und sagten Ihnen wahr, was Sie eben glaubten. Mit all Ihrem Geiste sind Sie einfältig wie ein Kind. Und so etwas kann Sie abhalten, sich mit mir zu beschäftigen? ...«

»Im Gegenteil, liebste Biondetta, sie sprachen mit mir von Ihnen.«

»Von mir!« fiel sie mir lebhaft mit einer gewissen Unruhe ins Wort, »was wissen sie von mir? Was können sie von mir sagen? Sie faseln. Sie müssen nunmehr den ganzen Abend mit mir tanzen, um mich diese Vernachlässigung vergessen zu machen.«

Ich folge ihr: ich trete neuerdings in den Kreis, aber ohne darauf zu achten, was um mich her vorgeht und was ich selbst beginne. Ich dachte nur daran zu entschlüpfen, um wenn irgend möglich wieder zu meinen Wahrsagerinnen zu gelangen. Schließlich glaube ich den günstigen Augenblick gekommen und ergreife ihn. Schnell eile ich zu meinen Hexen, habe sie wieder gefunden und in eine kleine Laube am Ende des Gemüsegartens der Meierei geführt. Dort beschwöre ich sie, mir in Prosa und ohne Rätsel, kurz und bündig zu eröffnen, was sie irgend Wichtiges über mich wissen können. Meine Beschwörung war zwingend, denn ich hatte die Hände voll Gold. Sie brannten vor Begierde, zu reden, ich, zu hören. Bald konnte ich nicht länger zweifeln, daß sie über die geheimsten Angelegenheiten meiner Familie unterrichtet seien und auch eine dunkle Kenntnis von meiner Verbindung mit Biondetta, von meinen Befürchtungen und Hoffnungen hatten. Ich meinte schon viele Dinge erfahren zu haben und schmeichelte mir, daß ich noch wichtigere erfahren würde; aber mein Argus ist mir auf den Fersen.

Biondetta lief nicht, sie flog herbei. Ich wollte reden. »Keine Entschuldigungen,« sagte sie, »der Rückfall ist unverzeihlich …«

»Ach, Sie werden ihn mir schon vergeben!« sagte ich, »dessen bin ich sicher. Sie haben mich zwar abgehalten, mich soweit unterrichten zu lassen, als ich es hätte werden können; aber ich weiß nun schon genug …«

»Um eine Tollheit zu begehen! Ich bin außer mir, aber hier ist keine Zeit dazu, uns zu streiten. Wenn wir auch im Begriff sind, die Rücksichten gegen uns selbst zu verletzen, so sind wir deren doch unsern Wirten schuldig. Man wird sich gleich zu Tische setzen und ich nehme meinen Platz an Ihrer Seite: ich will es nicht mehr dulden, daß Sie mir davonlaufen.«

Bei der neuen Anordnung des Banketts saßen wir dem jungen Ehepaare gegenüber. Sie waren beide von den Freuden des Tages erregt. Marcos Blicke glühten, die Luisens waren minder scheu; die Schamhaftigkeit rächte sich dafür und bedeckte ihre Wangen mit der brennendsten Röte. Der Xereswein kreist um die Tafel und scheint bis zu einem gewissen Grade alle Zurückhaltung davon verbannt zu haben. Die Greise selbst leben beim Andenken ihrer einstigen Freuden wieder auf und reizen die Jugend durch ebenso muntere als derbe Scherze. Ich hatte dies Gemälde vor Augen; aber ein noch weit ergreifenderes, mannigfaltigeres neben mir.

Biondetta schien sich abwechselnd der Leidenschaft und dem Verdrusse hinzugeben, indem sie, den Mund mit der stolzen Anmut der Verachtung bewaffnet oder von einem süßen Lächeln verschönt, mich bald reizte oder mir grollte, ja, mich aufs Blut kniff und mir am Ende heimlich auf die Füße trat. Mit einem Wort, in dem gleichen Augenblick empfing ich eine Gunst, einen Vorwurf, eine Strafe, eine Liebkosung, so daß ich, solchem Wechsel der Empfindungen preisgegeben, in eine unerhörte Erregung geriet.

Die Brautleute verschwanden; ein Teil der Gäste folgte ihnen aus dieser und jener Ursache nach. Wir stehen vom Tische auf. Eine Frau, es war, wie wir wußten, die Base des Pächters, nimmt eine gelbe Wachskerze, geht uns voran und führt uns zu einem kleinen Zimmer von zwölf Fuß im Geviert, dessen ganzes Gerät aus einem nicht vier Fuß breiten Bette, einem Tisch und zwei Stühlen besteht.

»Meine gnädige Herrschaft,« spricht unsere Führerin zu uns, »das ist die einzige Stube, die wir Ihnen geben können.« Sie stellt ihre Kerze auf den Tisch und läßt uns allein.

Biondetta schlägt die Augen nieder. Ich wende mich an sie mit der Frage: »Sie haben also gesagt, daß wir verheiratet seien?«

»Ja,« entgegnete sie, »ich konnte nur die Wahrheit sagen. Ich habe Ihr Wort, Sie das meine. Das ist die Hauptsache. Ihre Zeremonien sind Vorsichtsmaßregeln, die man gegen die schlimme Nachrede getroffen hat, und ich gebe nichts darauf. Es hing auch gar nicht einmal ganz von mir ab. Wenn Sie übrigens das Bett, das man uns anweist, nicht mit mir teilen wollen, so werden Sie mir die Kränkung zufügen, Sie eine unbequeme Nacht zubringen zu sehen. Ich bedarf der Ruhe, ich bin zu müde, ich bin auf alle Weise erschöpft.« Indem sie diese Worte mit großer Lebhaftigkeit sprach, streckte sie sich, mit dem Gesicht gegen die Wand, auf dem Bette aus.

»Wie!« rief ich, »Biondetta, ich habe Ihnen mißfallen, Sie zürnen mir im Ernste! Wie kann ich meinen Fehler wieder gut machen? Fordern Sie mein Leben!«

»Alvaro!« antwortete sie mir, ohne sich stören zu lassen, »gehen Sie und befragen Sie Ihre Zigeunerinnen, durch welche Mittel Sie meinem und Ihrem Herzen die Ruhe wiedergeben können!«

»Was! Meine Unterredung mit den Weibern ist die Ursache Ihres Zornes? Ach! Sie würden mir verzeihen, Biondetta, wenn Sie wüßten, wie sehr das, was sie mir gesagt, mit Ihren eigenen Ratschlägen übereinstimmt, und daß sie mich endlich bestimmt haben, nicht nach dem Schlosse Maravillas zurückzukehren. Ja, es ist entschieden, wir reisen morgen nach Rom, Venedig, Paris, überallhin, wo Sie mit mir leben wollen. Wir erwarten dort die Einwilligung meiner Familie ...«

Auf diese Worte hin wandte sich Biondetta um. Ihr Gesicht war ernst, sogar streng. »Erinnern Sie sich, Alvaro, was ich bin, was ich von Ihnen erwartete, was ich Ihnen zu tun anriet? Was! Nachdem ich mit aller Erleuchtung, die mir innewohnt und die ich mit aller Überlegung aufgeboten, Sie nicht habe bewegen können, der Klugheit gemäß zu handeln, soll mein und Ihr Tun und Lassen von den Äußerungen zweier Wesen geleitet werden, die für Sie und mich die allergefährlichsten, wo nicht die allerverächtlichsten sind? Ja, ja!« rief sie mit einem Ausbruch des Schmerzes aus, »ich habe die Männer immer gefürchtet; ich habe Jahrhundertelang gezaudert, eine Wahl zu treffen; es ist geschehen, sie ist unwiderruflich. Oh, ich bin sehr unglücklich!« Und sie brach in Tränen aus, deren Anblick sie mir zu entziehen suchte.

Von den heftigsten Leidenschaften ergriffen, sinke ich ihr zu Füßen. »Oh, Biondetta!« rief ich aus. »Sie sehen mein Herz nicht! Sie würden sonst aufhören, es zu zerreißen.«

»Sie kennen mich nicht, Alvaro, und werden mich unendlich leiden lassen, bevor Sie mich kennen lernen. Ich muß mit einer letzten Anstrengung Ihnen meine Aussichten enthüllen und Ihre Achtung und Ihr Vertrauen mir gewaltsam erringen, damit ich nicht fernerhin dem ausgesetzt bleibe, es auf eine ebenso demütigende wie gefährliche Weise mit andern teilen zu müssen. Ihre Hexen sind allzusehr mit mir einverstanden, um mir nicht gerechte Besorgnisse einzuflößen. Wer bürgt mir dafür, daß nicht Soberano, Bernadillo, Ihre und meine Feinde, hinter diesen Larven verborgen seien? Denken Sie an Venedig! Lassen Sie uns ihren Listen mit Wundern begegnen, die sie von mir nicht erwarten werden. Morgen komme ich nach Maravillas, wovon mich ihre Politik zu entfernen sucht; die erniedrigendsten, kränkendsten Zweifel werden mich da empfangen; aber Donna Mencia ist eine gerechte, schätzbare Frau; Ihr Bruder hat ein edles Herz; ich werde mich ihnen anvertrauen. Ich werde ein Muster von Sanftmut, Gefälligkeit, Gehorsam, Geduld sein und allen Prüfungen zuvorkommen.« Sie hielt einen Augenblick inne. »Wirst du dich so genugsam demütigen, unglückselige Sylphide?« ruft sie schmerzlich aus; sie will weiterreden, aber die Überfülle ihrer Tränen hindert sie daran.

Was wird aus mir bei diesen Ausbrüchen ihrer Leidenschaft, diesen Beweisen von Schmerz, diesen von der Weisheit selbst eingegebenen Entschlüssen, diesen Aufwallungen eines Mutes, den ich für heldenhaft ansah! Ich setzte mich neben sie: ich versuchte, sie durch meine Liebkosungen zu beruhigen, wiewohl ich anfänglich zurückgestoßen werde; bald darauf finde ich zwar keinen Widerstand mehr, aber ich habe keinen Grund, mich dessen zu erfreuen. Sie atmet schwer, ihre Augen sind halb geschlossen, ihr Körper ist nur noch krampfhaften Bewegungen unterworfen, eine bedenkliche Kälte hat sich über ihre Haut verbreitet, der Puls schlägt nicht mehr fühlbar, und der Körper würde völlig leblos scheinen, wenn ihre Tränen nicht noch immer reichlich weiterströmten.

Oh, Allgewalt der Tränen! Sie sind ohne Zweifel das wirksamste Geschoß der Liebe! Mein Mißtrauen, meine Entschlüsse, meine Gelübde, alles ist vergessen. Indem ich den Quell dieses köstlichen Taues austrocknen wollte, war ich diesem Munde, auf dem sich die Frische und der süße Duft der Rose vereinigen, allzunah gekommen; und sobald ich mich wieder davon entfernen will, werden mir zwei Arme, deren Weiße, Weichheit und Wohlgestalt sich nicht beschreiben lassen, zu Banden, denen mich zu entwinden mir unmöglich ist ...

»Oh, mein Alvaro!« ruft Biondetta, »ich habe gesiegt: ich bin das glücklichste aller Geschöpfe!«

Ich hatte nicht die Kraft zu sprechen; ich fühlte mich in einer außerordentlichen Verwirrung; noch mehr: ich war beschämt, war regungslos. Sie warf sich vor mir nieder und entkleidete mir die Füße. »Was, liebe Biondetta!« rufe ich aus, »was! du läßt dich herab ...?«

»Ach!« erwiderte sie, »Undankbarer, ich diente dir, als du mein Gebieter warst; laß mich meinen Geliebten nun bedienen.«

Ich bin im Augenblick entkleidet; meine sorgfältig zusammengefaßten Haare werden in ein Netz geborgen, das sie in ihrer Tasche gefunden hat. Ihre Kraft, ihre Tätigkeit, ihre Gewandtheit haben alle Hindernisse überwunden, die ich ihr entgegenstellen wollte. Sie vollendet mit derselben Geschwindigkeit ihre kleine Nachttoilette, löscht die Kerze aus, die uns leuchtete, und die Vorhänge fallen zu.

Nunmehr spricht sie mit einer Stimme, deren Wohllaut auch die lieblichste Musik nicht zu vergleichen ist: »Habe ich meinen Alvaro so glücklich gemacht wie er mich? Nein! noch bin ich allein die Glückliche, aber er wird es werden, ich will es, ich will ihn mit Wonne berauschen; ich will ihn mit Kenntnissen erfüllen, ich will ihn auf den Gipfel aller Größe erheben. Willst du, mein Herz, willst du die zumeist bevorrechtete Kreatur werden, willst du dir mit mir die Menschen, die Elemente, die ganze Natur unterwerfen?«

»Oh, meine teure Biondetta!« sage ich, wie wohl ich mir dabei ein wenig Gewalt antue, »du genügst mir: du befriedigst alle Wünsche meines Herzens ...«

»Nein, nein,« versetzte sie lebhaft, »Biondetta soll dir nicht genügen, dies ist nicht mein Name; du hattest ihn mir beigelegt, er schmeichelte mir, ich führte ihn mit Freuden; aber du mußt wissen, wer ich bin ... Ich bin der Teufel, mein bester Alvaro. ich bin der Teufel ...«

Indem sie dieses Wort mit bezaubernd süßem Tone aussprach, verschloß sie auch sogleich meinen Mund für jede Antwort, die ich ihr hätte geben mögen. Sobald ich das Stillschweigen brechen konnte, sagte ich: »Höre auf, meine hebe Biondetta, oder wer du auch seist, diesen unseligen Namen auszusprechen und mich an einen Irrtum zu mahnen, den ich schon so lange abgeschworen habe.«

»Nein, mein lieber Alvaro, nein, es war kein Irrtum; ich habe nur geschert, mein lieber kleiner Mann. Ich mußte dich wohl betrügen, um dich endlich zur Vernunft zu bringen. Euresgleichen verträgt die Wahrheit nicht; man kann euch nicht anders glücklich machen, als wenn man euch verblendet. Ach! Du sollst höchst glücklich sein, wenn du es nur willst! Ich will dich mit Freuden überschütten. Du gestehst schon, daß ich nicht so abschreckend schwarz bin, als man mich malt.«

Dieser Scherz brachte mich vollends außer Fassung. Ich ging nicht darauf ein, und die Trunkenheit meiner Sinne unterstützte meine freiwillige Zerstreutheit.

»Aber so antworte mir doch«, sprach sie.

»Was soll ich antworten? – ...«

»Undankbarer, lege die Hand auf dies Herz, das dich anbetet, auf daß das deine womöglich, wenn auch nur von der leisesten der Empfindungen bewegt werde, die das meine erfüllen. Laß durch deine Adern nur ein wenig von jenem Feuer strömen, das in den meinigen glüht. Mildere, wenn du es kannst, den Ton dieser Stimme, die so geeignet ist, Liebe einzuflößen, und der du dich nur zu sehr bedienst, meine schüchterne Seele zu erschrecken: sage endlich zu mir, wenn es dir möglich ist, aber ebenso zärtlich, als ich für dich fühle: Mein lieber Beelzebub, ich bete dich an ...«

Bei diesem verhängnisschweren, wiewohl so zärtlich ausgesprochenen Namen ergreift mich tödliches Entsetzen. Staunen und Bestürzung erdrücken meine Seele; ich würde sie für vernichtet gehalten haben, wenn ich nicht im innersten Herzen den dumpfen Schrei der Reue vernommen hätte. Indessen besteht der Ruf meiner Sinne desto gebieterischer fort, als er von der Vernunft nicht übertönt werden kann. Sie gaben mich wehrlos meinem Feinde preis, und er mißbraucht sie, indem er seinen leichten Sieg über mich ausnützt.

Er läßt mir nicht Zeit, zu mir selbst zu kommen und über das Vergehen nachzudenken, zu dem er viel mehr der Anstifter als Mitschuldige ist. »Unser Handel ist geschlossen« sagt er, ohne merklich den Ton der Stimme zu ändern, an den er mich gewöhnt hatte. »Du hast mich aufgesucht; ich bin dir gefolgt, habe dir gedient, dich begünstigt, kurz, habe getan, was du gewollt. Ich wünschte deinen Besitz, und um ihn zu erlangen, mußtest du dich mir freiwillig übergeben. Sicherlich verdanke ich deine erste Gefälligkeit einigen Kunstgriffen; was aber die zweite anlangt, so hatte ich mich genannt: du wußtest, wem du dich ergabst, und kannst deine Unwissenheit nicht vorschützen. Fortan, Alvaro, ist unser Bund unauflöslich; aber um unsere Gemeinschaft desto inniger zu schließen, ist es von Wichtigkeit, daß wir uns besser kennen lernen. Ich kenne dich zwar schon von innen und außen; also muß ich mich dir auch zeigen, wie ich bin, damit wir gleich zu gleich stehen.«

Man ließ mir keine Zeit, über diese seltsame Anrede nachzudenken; ich höre neben mir durchdringend pfeifen. Augenblicklich zerteilt sich die Finsternis, die mich umgibt, der Sims über dem Getäfel des Zimmers ist ganz voll großer Schneckenhäuser, aus denen die Schnecken ihre Hörner rasch im Schwünge hin und her bewegen und damit phosphorische Lichtstrahlen aussenden, die durch das Ausstrecken und Schaukeln ihren Glanz und ihre Wirkung verdoppeln.

Durch diese plötzliche Erleuchtung fast geblendet, richte ich meine Augen seitwärts, und was sehe ich, statt jenes entzückenden Angesichts? Oh, Himmel! den abscheulichen Kamelkopf! Er spricht mit Donnerstimme deutlich jenes düstere »Che vuoi!« das mich in der Grotte schon so sehr entsetzt hatte, bricht in ein menschliches, noch weit furchtbareres Gelächter aus, streckt eine unmäßig große Zunge von sich ...

Ich stürze aus dem Bette, verberge mich darunter mit festgeschlossenen Augen, das Gesicht zu Boden gedrückt. Ich fühlte, wie mein Herz mit fürchterlicher Stärke schlug. Mich überfiel eine Angst, als ob ich den Atem verlieren sollte.

Ich vermochte die Zeit nicht zu bestimmen, die ich etwa in dieser peinlichen Lage zugebracht hatte, als ich mit erhöhtem Schrecken fühlte, daß ich am Arme gezogen ward. Gezwungen, die Augen aufzuschlagen, erblinde ich fast an einer gewaltigen Helle.

Sie kam nicht von den Schnecken, deren es keine mehr auf dem Gesimse gab; vielmehr strahlte mir die Sonne senkrecht ins Gesicht. Ich werde abermals am Arme gezogen, wiederholt und stärker; ich erkenne Marcos.

»Ei! Herr Kavalier,« sagt er, »wann gedenken Sie denn abzureisen? Wenn Sie heute noch nach Maravillas kommen wollen, haben Sie keine Zeit mehr zu verlieren. Es ist fast Mittag.«

Ich antwortete nicht; er betrachtet mich: »Wie? Sie haben sich vollständig angekleidet auf das Bett gelegt. Sie haben so vierzehn Stunden zugebracht, ohne zu erwachen? Da müssen Sie ja gewaltig müde gewesen sein! Ihre Frau Gemahlin war wohl auch der Meinung und hat darum die Nacht bei einer meiner Basen zugebracht, um Ihnen nicht beschwerlich zu fallen; aber sie hat sich besser dazu gehalten, als Sie; auf ihr Geheiß ist schon am frühen Morgen an Ihrem Wagen alles instand gesetzt worden, und Sie können ungesäumt einsteigen. Was die gnädige Frau betrifft, so finden Sie sie nicht mehr hier. Wir haben ihr ein gutes Maultier geliehen und sie hat den frischen Morgen genießen wollen. Sie ist bereits vorausgeritten und erwartet Sie im ersten Dorfe, das Sie auf Ihrem Wege berühren.«

Marcos geht hinaus. Ich reibe mir unwillkürlich die Augen und greife mit der Hand nach meinem Kopfe, um das Netz zu suchen, in das meine Haare gesteckt worden waren. Er ist unbedeckt, das Haar ist in Unordnung, mein Zopf noch so, wie am Abend vorher, die Bandschleife fest daran.

Schlafe ich noch? Habe ich geschlafen? Sollte ich so glücklich sein, daß alles nur ein Traum gewesen? Ich habe sie das Licht auslöschen sehen ... Sie hat es ausgelöscht ... Da ist es ...

Marcos kehrt wieder. »Wenn Sie einen Imbiß zu sich nehmen wollen, Herr Kavalier, er ist bereit. Ihr Wagen wird eben angespannt.« Ich steige aus dem Bette; kaum vermag ich mich aufrecht zu halten, meine Knie knicken mit mir zusammen. Ich möchte etwas zu mir nehmen, aber ich kann es nicht. Darauf will ich dem Pächter danken und ihn für die Unkosten entschädigen, die ich ihm verursacht habe; er weigert sich, etwas anzunehmen.

»Die gnädige Frau«, entgegnet er, »hat uns bezahlt und mehr als großmütig; wir beide, gnädiger Herr, haben zwei brave Frauen.« Nach dieser Äußerung steige ich, ohne zu antworten, in meine Chaise und sie fährt ab.

Ich vermöchte nicht, die Verwirrung meiner Gedanken zu beschreiben; sie war so groß, daß die Vorstellung der Gefahr, in der ich meine Mutter antreffen würde, sich darin nur schwach geltend machte. Mit stieren Augen, offenem Munde glich ich mehr einem Automaten, als einem Menschen.

Mein Führer weckt mich. »Herr Kavalier, in dem Dorfe hier sollen wir die gnädige Frau antreffen.« Ich antwortete nichts. Wir fahren durch eine Art Marktflecken. In jedem Hause erkundigt er sich, ob man nicht eine junge Dame in dem und dem Aufzuge hat vorbeikommen sehen. Man gibt ihm zur Antwort, sie habe sich nicht aufgehalten. Er wendet sich um, als wollte er in meinem Antlitz meine Ungeduld darüber lesen, und wenn er nicht mehr davon wußte als ich, so mußte ich ihm unruhig genug vorkommen. Wir hatten das Dorf hinter uns und ich begann mir zu schmeicheln, der Gegenstand meiner Angst werde wenigstens auf einige Zeit von mir abgelassen haben. »Ach! wenn ich zu Donna Mencia gelangen, ihr zu Füßen fallen kann,« sprach ich zu mir selbst, »wenn ich mich in den Schutz meiner verehrungswürdigen Mutter begeben darf, so sollt ihr Phantome und Ungeheuer, die ihr mich so erbittert verfolgt, mir diese Zufluchtsstätte nicht verletzen. Ich werde mit den natürlichen Gefühlen die heilbringenden gesunden Grundsätze wiederfinden, von denen ich mich entfernt hatte, und mir daraus ein Bollwerk gegen euch aufrichten. Aber wenn der Gram über meine Ausschweifungen mich dieses Schutzengels beraubt haben sollte ... Ach! dann will ich nur darum weiterleben, ihn an mir selbst zu rächen. Ich will mich in einem Kloster begraben ... Und wer wird mich dort vor meinen eigenen Hirngespinsten schützen? Ich will mich dem geistlichen Stande widmen. Du reizendes Geschlecht, ich muß auf dich verzichten, eine höllische Larve hat sich mit all der Anmut bekleidet, die ich vergötterte. Das Rührendste, was ich in dir erblicken könnte, würde mir das Erinnern ...‹

Über diesen Betrachtungen, die meine ganze Aufmerksamkeit in Anspruch nahmen, ist der Wagen in den großen Schloßhof eingefahren. Ich vernehme eine Stimme: ›Das ist Alvaro, das ist mein Sohn!‹ Ich erhebe den Blick und erkenne meine Mutter auf der Altane ihres Zimmers.

Nichts ist der Süßigkeit und Lebhaftigkeit dessen zu vergleichen, was ich jetzt empfinde. Meine Seele scheint neu geboren zu werden, meine Kräfte kehren mit einem Male alle wieder. Ich springe aus dem Wagen, fliege in die Arme, die meiner warten. Ich werfe mich vor ihr nieder. ›Ach!‹ rufe ich, die Augen in Tränen gebadet, die Stimme von Schluchzen unterbrochen, aus: ›ach, meine Mutter! meine Mutter! Ich bin also doch nicht Ihr Mörder? Erkennen Sie mich noch als Ihren Sohn an? Ach, meine Mutter! Sie umarmen mich ...‹

Die Leidenschaft, die mich hinreißt, die Heftigkeit meines Wesens haben meine Züge und den Ton meiner Stimme dermaßen verstört, daß Donna Mencia darüber beunruhigt wird. Sie hebt mich gütig empor, umarmt mich von neuem, nötigt mich, niederzusitzen. Ich wollte reden, es war mir unmöglich, ich warf mich über ihre Hände, die ich in Tränen badete und mit den innigsten Liebkosungen überschüttete.

Donna Mencia sieht mich mit Verwunderung an: sie vermutet, es müsse mir etwas Außerordentliches begegnet sein, sie befürchtet sogar eine Störung meiner Vernunft. Während ihre Unruhe, ihre Neugierde, ihr Wohlwollen, ihre Zärtlichkeit in ihren Gebärden und Blicken sich aussprachen, hat ihre Vorsicht alles zur Hand schaffen lassen, was man nur, von einer langen mühsamen Reise erschöpft und müde, bedürfen kann.

Die Dienerschaft beeifert sich, mir aufzuwarten. Ich führe aus Gefälligkeit etwas zu meinen Lippen; meine unstäten Blicke suchen meinen Bruder; bestürzt, ihn nicht zu sehen, frage ich: »Mutter, wo ist Juan? ...«

»Er wird sich freuen, wenn er hört, daß du hier bist, da er dir geschrieben hat, du möchtest herkommen. Da aber seine Briefe aus Madrid nur erst seit einigen Tagen unterwegs sein können, erwarteten wir dich nicht so bald. Du bist Oberst seines Regiments, und der König hat ihm kürzlich ein Vizekönigtum in Indien zuerteilt.«

»Himmel!« rief ich aus. »Also wäre alles in dem gräßlichen Traume falsch, der mich gequält hat? Aber es ist unmöglich ...«

»Von welchem Traume sprichst du, Alvaro? ...«

»Von dem allerlängsten, erstaunenswertesten, entsetzlichsten, den man träumen kann.« Und hierauf überwinde ich meinen Stolz und meine Scham, und erzähle ihr genau alles, was mir von meinem Eintritt in die Grotte von Portici an bis zu dem beglückenden Augenblicke begegnet war, wo ich ihre Kniee hatte umfassen dürfen.

Die ehrwürdige Frau hört mir mit einer ungemeinen Aufmerksamkeit, Geduld und Güte zu. Da ich den ganzen Umfang meines Vergehens kannte, so sah sie wohl, daß es unnötig war, es etwa noch gegen mich zu vergrößern.

»Mein lieber Sohn! Du bist den Lügen nachgerannt und bist bis zu dieser Stunde von ihnen umgarnt gewesen. Das entnimm aus jener Nachricht von meiner Krankheit und von dem Zorne deines älteren Bruders. Bertha, mit der du meinst gesprochen zu haben, ist seit einiger Zeit bettlägerig. Ich dachte nicht daran, dir zweihundert Zechinen über deinen Zuschuß zu senden. Ich würde gefürchtet haben, entweder deinen Ausschweifungen Vorschub zu leisten, oder dich durch eine übel angebrachte Freigebigkeit nur zu neuen zu veranlassen. Der würdige Escudero Pimientos ist seit acht Monaten tot. Und von den achtzehnhundert Kirchspielen etwa, die der Herzog von Medina Sidonia in Spanien besitzt, liegt kein Fingerbreit Erde an dem Orte, den du bezeichnest: ich kenne die Gegend ganz genau, und du hast die Meierei und ihre Bewohner sicherlich nur erträumt.‹

»Aber gnädige Frau Mutter!« versetzte ich, »der Maultiertreiber, der mich hergebracht, hat alles so gut wie ich gesehen. Er hat mit auf der Hochzeit getanzt.«

Meine Mutter befiehlt, man solle den Maultiertreiber herbeiholen; aber er hatte gleich bei seiner Ankunft ausgespannt, ohne Lohn zu fordern.

Diese eilige, spurlose Flucht kam meiner Mutter verdächtig vor. »Nunes«, sprach sie zu einem Pagen, der durch das Zimmer ging, »geht zu dem ehrwürdigen Don Quebracuernos und sagt ihm, mein Sohn Alvaro und ich erwarteten ihn hier.«

»Das ist ein Doktor aus Salamanca,« fuhr sie fort, »dessen Verdienste ihm mein Vertrauen erworben haben; du kannst ihm auch das deinige schenken. Es ist am Ende deines Traumes ein Umstand, der mich in Verlegenheit setzt. Don Quebracuernos versteht sich auf solche Dinge und wird besser als ich wissen, was davon zu halten ist.«

Seine Ehrwürden ließ nicht lange auf sich warten. Er imponierte, noch bevor er sprach, schon durch seine ernste Würde. Meine Mutter ließ mich in seiner Gegenwart das aufrichtige Geständnis meiner Unbesonnenheit und ihrer Folgen wiederholen. Er hörte mir aufmerksam und verwundert zu, ohne mich zu unterbrechen. Als ich geendet und er sich ein wenig gesammelt hatte, nahm er folgendermaßen das Wort:

»Es ist außer Zweifel, gnädiger Herr Don Alvaro, daß Sie einer so großen Gefahr entgangen sind, als ein Mensch nur irgend durch seine Schuld bestehen kann. Sie haben den bösen Geist herausgefordert und ihm durch eine Folge von Unklugheiten all die Kunstgriffe selbst an die Hand gegeben, deren er bedurfte, um Sie mit Erfolg zu betören und Sie zu verderben. Ihr Abenteuer ist sehr ungewöhnlich. Ich habe nichts dem Ähnliches weder in der ›Dämonomanie‹ von Bodin, noch in der ›Bezauberten Welt‹ von Becker gelesen, und man muß gestehen, daß, seitdem diese großen Männer geschrieben haben, unser Feind unendlich schlauer in seiner Art und Weise geworden ist, seine Angriffe zu bewerkstelligen und von den Schlingen Nutzen zu ziehen, die die Weltmenschen einander legen, um sich zu Fall zu bringen. Er ahmt der Natur getreulich und mit Überlegung nach, er bedient sich der Vorteile geselliger Talente, gibt geschmackvolle Feste, weiß die Leidenschaften ihre verlockendste Sprache reden zu lassen, er äfft sogar bis zu einem gewissen Grade die Tugend nach. Dadurch werden mir über vielerlei Dinge, die vorgehen, die Augen geöffnet; ich erblicke von hier aus viele Grotten, die gefährlicher sind als jene von Portici, und eine Menge Besessener, die unglücklicherweise gar nicht ahnen, daß sie es sind. Was Sie betrifft, so glaube ich, daß, wenn Sie für die Gegenwart und Zukunft weise Vorkehrungen treffen, Sie von ihm gänzlich befreit sind. Ihr Feind hat sich zurückgezogen, das ist offenbar. Er hat Sie verführt, es ist wahr, aber es ist ihm nicht gelungen, Sie zu verderben. Ihr Wille und Ihr Gewissen haben Sie unter dem außerordentlichen Beistande, der Ihnen zuteil wurde, davor behütet. Also war sein vermeintlicher Sieg und Ihre Niederlage für

Sie und ihn nur eine Illusion, von der Ihre Reue Sie vollends reinigen wird. Er hat nichts davongetragen, als einen gezwungenen Rückzug. Aber bewundern Sie, wie er ihn hat zu verdecken und noch fliehend in Ihrem Geiste Verwirrung, in Ihrem Herzen ein Einverständnis zurückzulassen gewußt, vermöge dessen er seinen Angriff erneuern kann, sobald Sie ihm die Gelegenheit dazu bieten. Nachdem er Sie betört, so sehr Sie es nur haben sein wollen, und sich gezwungen gesehen hat, sich in seiner ganzen Ungestalt zu zeigen, unterwirft er sich als Sklave, der Empörung sinnt. Er will Ihnen keinen einzigen vernünftigen und bestimmten Gedanken lassen und vermengt das Groteske mit dem Schrecklichen, das Kindische seiner leuchtenden Schnecken mit der scheußlichen Erscheinung seines mißgeschaffenen Kopfes, kurz, die Lüge mit der Wahrheit, Wachen mit Schlaf. Dergestalt, daß Ihr verwirrter Geist nichts klar unterscheidet und daß Sie glauben könnten, die Vision, die Sie betroffen, sei weniger die Wirkung seiner Tücke, als ein von den Dünsten Ihres Hirns erzeugter Traum gewesen. So hat er auch sorgfältig die Vorstellung des holdseligen Gespinstes, dessen er sich lange bedient, Sie zu verirren, isoliert, und wird sie Ihnen wieder näher bringen, sobald Sie es ihm möglich machen. Ich glaube indessen nicht, daß die Schranken des Klosters oder unseres Standes diejenigen seien, hinter welchen Sie sich vor ihm zu bergen haben. Ihr Beruf dazu ist durchaus nicht genugsam entschieden und durch eigene Erfahrung gewitzigte Leute sind in der Welt vonnöten. Glauben Sie mir, gehen Sie eine gesetzliche Verbindung mit einer Person des andern Geschlechts ein und lassen Sie Ihre diesbezügliche Wahl von Ihrer ehrwürdigen Mutter leiten, und wenn jene irgend himmlische Eigenschaften und Reize besitzt, so werden Sie niemals in Versuchung kommen, sie für den Teufel zu halten.

Jacques Cazotte

Nicht auf dem Fundament eines voluminösen Lebenswerkes erhebt sich die Unsterblichkeit dieses Schriftstellers. Sein Miniaturruhm steht auf zierlichem Podest. Ein paar Dutzend Seiten Prosa, voll Geist und voll Anmut, von seltenem Schliff und wohltuender Prägnanz, verleihen seinem Namen jene Unvergänglichkeit, die sonst nur ein Opus von ganz anderem Format zu erwerben vermag. Dies kleine Meisterwerk, ›Le diable amoureux‹, entsprang aus der von der tropischen Sonne der Antillen forcierten Phantasie des Romanen Cazotte. Frei von den Exzessen der Graphomanie, von der seine Zeitgenossen mehr oder minder ergriffen waren, ließ dieser 1720 in Dijon geborene und bei den Jesuiten erzogene Kanzleischreiberssohn, den 1747 das Amt eines Kontrolleurs nach der Insel Martinique führte, seine schöpferische Laune spielen, ohne sie in die modischen Formen zu zwängen, die die Literaten der Welthauptstadt erfunden hatten. Ohne die bahnbrechende Kraft eines Neuerers, wozu es ihm an Absicht und Beruf auch fehlte, sind seine Vorzüge die einer unbefangenen Natürlichkeit und einer temperamentvollen Frische. Wo viele seiner kleinen Zeitgenossen ihre gekünstelten Marionetten in eine Atmosphäre von Puder und Parfüm stellen, dies als Wirklichkeit ausgebend, läßt er Blut durch die Adern seiner Menschen fließen und ihre Seele in Wonnen zittern und in Gewissensbissen sich winden. Mag der Dichter auch der Zeit, die ihm ihren Stempel gab, verpflichtet sein, sein kleines Meisterwerk, im Raritätenschatz der Weltliteratur als köstliche Filigranarbeit bewahrt, wird nie zu einer Antiquität des Dixhuitième herabsinken, sondern als lebendiges Zeugnis künstlerischer Phantasie fortdauern. Le diable amoureux sowohl als Le lord impromptu waren wohl ohne Gedanken an eine Veröffentlichung in den Mußestunden auf Martinique entstanden, wo Cazotte sich mit Elisabeth Roignon, der Tochter des Oberrichters, vermählt hatte. Die Ruhe des Koloniallebens störten 1759 Englands kriegerische Unternehmungen; Cazottes Eifer und Umsicht vereitelten einen englischen Angriff auf das Fort St. Pierre. Seine durch die klimatischen Verhältnisse angegriffene Gesundheit zwang ihn bald darauf zur Rückkehr nach Frankreich, wo er durch den Tod seines Bruders Erbe eines ansehnlichen Vermögens geworden war. Sein eigenes auf

Martinique erworbenes Vermögen, das er den Jesuiten anvertraut hatte, verlor er durch deren Untreue. Ein Prozeß, den er gegen die unredlichen Verwalter anstrengte, blieb erfolglos; doch gab er der Partei der Jesuitenfeinde, an deren Spitze die Pompadour und Choiseul standen, willkommene Gelegenheit, weitere eingehende Untersuchungen gegen diesen Orden durchzuführen, deren Ergebnis die Auflösung des Ordens in Frankreich war. In aller Bescheidenheit verlief Cazottes Leben ohne äußeren Glanz, in familiärer Intimität; Paris und sein ererbter Landsitz in Pierry bei Epernay waren dessen Schauplatz. Vom ernsten Studium der Wissenschaften erholte er sich in geselligem Verkehr; er war ein ebenso graziöser, pikanter Causeur als ernster Forscher. Von jenem literarischen Ehrgeiz, der nach dem Ruhm der Menge strebt, war Cazotte frei; ihm genügte der Beifall eines kleinen Freundeskreises, in dem er seine poetischen Versuche zum Vortrag brachte. Nicht er, sondern seine Freunde waren es, die 1763 seine heroische Dichtung in Prosa › Ollivier‹ drucken ließen. Der Erfolg dieses Werkchens bestimmte Cazotte, die gleichfalls bereits auf Martinique entstandenen Novellen Le diable amoureux und Le lord impromptu zu veröffentlichen. Aber das ›illustrierte‹ Buch war die große Mode der Zeit und kein Autor hätte es wagen dürfen, sein Werk ohne jenen reichen Schmuck an Titelkupfern, Blumenstücken, Zierleisten, Vignetten und gestochenen Bildern dem Publikum darzubieten. Nicht das Werk sprach für sich, nicht das dichterische Gebilde besaß primäre Geltung, den Erfolg entschied allein die Fülle und Schönheit der Illustrationen, ›die die künstlerische Grazie der Zeit den weitesten Kreisen vermitteln und sie sozusagen in die Lektüre fließen lassen‹ (de Goncourt). Bei der Veröffentlichung seines Diable amoureux schreibt Cazotte mit leichter Übertreibung: ›Trotz der jedermann bekannten, unumgänglichen Notwendigkeit, alle Werke, die man die Ehre hat, dem Publikum zu übergeben, mit Stichen zu schmücken, fehlte doch wenig, daß dieses Buch gezwungen worden wäre, ohne solche Beigabe auszukommen. Alle unsere großen Künstler werden von Aufträgen fast erdrückt, alle unsere Stecher verbringen die Nächte mit arbeiten und können kaum rechtzeitig fertig werden; der Verfasser war verzweifelt und konnte weder für Geld noch für gute Worte eine Zeichnung oder einen Stich bekommen. Sein Werk aber ohne solche herauszugeben, würde ihm von vornherein jeden Erfolg geraubt haben ...‹ In letzter Stunde gelang es ihm, zwei Großmeister der

Kupferplatte für sein Werkchen zu gewinnen: Moreau le jeune und Marillier, und so konnte die ursprüngliche, erste Fassung von *Le diable amoureux* erscheinen. Das Titelblatt dieses heute ungemein seltenen Buches nennt als Erscheinungsort und -jahr ›Naples 1772‹ (es erschien bei le Jay in Paris), doch fehlt der Name des Verfassers und die sechs Kupfer sind von den Künstlern weder signiert, noch bezeichnet eine Notiz sie als Urheber. In unserer vorliegenden Neuausgabe, die sich auf die treffliche Übertragung Eduard von Bülows stützt, welche von dem Herausgeber mit dem Original verglichen und nach ihm überarbeitet wurde, mußte das letzte Kupfer, das ohnedies künstlerisch recht unbedeutend ist, fortbleiben, da es zu dem von Cazotte für die späteren Ausgaben veränderten Schlusse nicht mehr paßt. Der Dichter begründet seine Umarbeitung des Novellenschlusses damit, daß die Leser die Lösung zu wenig vorbereitet gefunden und doch gern gewünscht hätten, den Helden in einen wenigstens mit Blumen bestreuten Abgrund fallen zu sehen, um ihn der Unannehmlichkeit des Falles selbst zu entheben. ›Auch um dem Vorwurf zu begegnen, noch vor Beendigung seiner kleinen Flugbahn sei ihm die Phantasie erlahmt, sah er sich zu einer befriedigenderen Lösung und Abrundung des Schlusses gedrängt, der zugleich dem Ganzen eine knappere Form gab; denn die ursprüngliche Fassung war nur als erster Teil der Dichtung gedacht; der zweite Teil sollte die Folgen des Abenteuers unseres Alvaro mit dem allzureizend verkörperten Teufel schildern und den bisher nur vom Teufel geplagten Helden nun als von ihm besessen und als willenloses Werkzeug in seiner Hand zeigen, dessen er sich bedient, um allüberall Verwirrung anzustiften. In diesem zweiten Teil hoffte der Verfasser den weitesten Spielraum für seine Phantasie und künstlerische Laune zu finden. Doch er fürchtete dann selbst, daß dieser zweite Teil seinem Publikum wohl zu schwer und zu ernst geraten wäre, und versuchte in einer neuen Fassung, auf die kritischen Ansichten seiner Freunde einzugehen. Alvaro ist danach bis zu einem gewissen Grade allerdings verführt, aber doch nicht das Opfer des Bösen; um ihn zu berücken, muß sein Gegner sogar ehrbar und spröde tun, und er zerstört dadurch die Wirkung seines eigenen Verfahrens und macht es erfolglos. Mit einem Worte, es geschieht seinem Schlachtopfer nur, was jedwedem Ehrenmanne geschehen kann, den der unverdächtige Schein trügt; er dürfte ganz gewiß dem ausgesetzt sein, gewisse Verluste zu erleiden; allein es würde ihn doch nicht entehren, wenn das Nähere über sein Abenteuer bekannt würde.‹

Man sieht, wie sehr besorgt Cazotte um die Moral seiner Geschichte ist, zu der er die Anregung beim Lesen eines ›ehrwürdigen Autors‹ empfing, wo an einer Stelle von den Schlingen gesprochen wird, die dem Teufel zu Gebote stehen, um zu gefallen und zu verlocken. Dem Zögling des Jesuitenkollegs zu Dijon wäre eine moralische Geschichte schon zuzutrauen; aber der Aufgeklärte des Dixhuitième scheut das Pathos des Moralisten. Er balanciert den frommen Eifer mit graziöser Spötterlaune, er negiert das Moralische mit feiner Ironie; er lächelt insgeheim über den ungefährlichen Popanz Beelzebub und erteilt das Schlußwort dem leicht karikierten Seelsorger der guten Donna Mencia. *Le diable amoureux* – eine moralische Geschichte? – eine galante Geschichte? – Sagen wir: eine galante moralische Geschichte.

Der Mann, der mit den Worten: ›Ich sterbe, wie ich gelebt habe, Gott und meinem Könige treu!‹ dem Henker sein Haupt darbot, besaß weder die Kenntnis der übersinnlichen Geheimnisse, die nach dem Erscheinen des *Diable amoureux* Okkultisten bei ihm vermuteten, noch fand er Geschmack an den atheistischen Lehren der modischen Philosophen. Er blieb sich selbst und den traditionellen Grundsätzen treu. Aufsehen erregte Cazottes merkwürdige Vision aus dem Anfang des Jahres 1788 wo er bei einem Gastmahl der Herzogin von Gramont, an dem außer Chamfort eine Reihe namhafter Zeitgenossen teilnahm, den Anwesenden nicht allein den Ausbruch der Revolution, sondern auch die Todesart eines jeden voraussagte. Ihn selbst entriß die Revolution seinem der Wissenschaft und der Kunst gewidmeten Dasein. Briefe an Freunde, in denen er aus seiner rechtlichen Gesinnung keinen Hehl machte, wurden ihm zum Verräter und Ankläger. Den vor das Tribunal geschleppten Weißkopf von siebzig Jahren rettete der Verzweiflungsmut seiner siebzehnjährigen Tochter Elisabeth, die mit den Worten: ›Ihr sollt das Herz meines Vaters nicht treffen, bevor Ihr meines durchbohrt!‹ in heroischem Furor seinen Körper bedeckte. Doch ein zweites Mal machte man ihm den Prozeß, der mit seiner Verurteilung zur Guillotine, die er am 25. September 1792 bestieg, endete. Seinen Mitgefangenen war er, ungebrochen und aufrecht bis zuletzt, mit seiner Heiterkeit und Seelenruhe ein großer Tröster gewesen, aber auch ein entflammter Prediger gegen ihren Unglauben und ihre Gottlosigkeit.

1817-1819 erschien die erste vollständige Ausgabe seiner Werke in vier Oktavbänden unter dem Titel ›Oeuvres badines et morales, historiques et philosophiques‹, der unsere Ausgabe den Porträtstich des Dichters entlehnt.

München 1922.

Curt Moreck.

 tredition®

Über tredition

Eigenes Buch veröffentlichen

tredition wurde 2006 in Hamburg gegründet und hat seither mehrere tausend Buchtitel veröffentlicht. Autoren veröffentlichen in wenigen leichten Schritten gedruckte Bücher, e-Books und audio-Books. tredition hat das Ziel, die beste und fairste Veröffentlichungsmöglichkeit für Autoren zu bieten.

tredition wurde mit der Erkenntnis gegründet, dass nur etwa jedes 200. bei Verlagen eingereichte Manuskript veröffentlicht wird. Dabei hat jedes Buch seinen Markt, also seine Leser. tredition sorgt dafür, dass für jedes Buch die Leserschaft auch erreicht wird.

Im einzigartigen Literatur-Netzwerk von tredition bieten zahlreiche Literatur-Partner (das sind Lektoren, Übersetzer, Hörbuchsprecher und Illustratoren) ihre Dienstleistung an, um Manuskripte zu verbessern oder die Vielfalt zu erhöhen. Autoren vereinbaren direkt mit den Literatur-Partnern die Konditionen ihrer Zusammenarbeit und partizipieren gemeinsam am Erfolg des Buches.

Das gesamte Verlagsprogramm von tredition ist bei allen stationären Buchhandlungen und Online-Buchhändlern wie z. B. Amazon erhältlich. e-Books stehen bei den führenden Online-Portalen (z. B. iBookstore von Apple oder Kindle von Amazon) zum Verkauf.

Einfach leicht ein Buch veröffentlichen: **www.tredition.de**

Eigene Buchreihe oder eigenen Verlag gründen

Seit 2009 bietet tredition sein Verlagskonzept auch als sogenanntes "White-Label" an. Das bedeutet, dass andere Unternehmen, Institutionen und Personen risikofrei und unkompliziert selbst zum Herausgeber von Büchern und Buchreihen unter eigener Marke werden können. tredition übernimmt dabei das komplette Herstellungs- und Distributionsrisiko.

Zahlreiche Zeitschriften-, Zeitungs- und Buchverlage, Universitäten, Forschungseinrichtungen u.v.m. nutzen diese Dienstleistung von tredition, um unter eigener Marke ohne Risiko Bücher zu verlegen.

Alle Informationen im Internet: **www.tredition.de/fuer-verlage**

tredition wurde mit mehreren Innovationspreisen ausgezeichnet, u. a. mit dem Webfuture Award und dem Innovationspreis der Buch Digitale.

tredition ist Mitglied im Börsenverein des Deutschen Buchhandels.

Dieses Werk elektronisch lesen

Dieses Werk ist Teil der Gutenberg-DE Edition DVD. Diese enthält das komplette Archiv des Projekt Gutenberg-DE. Die DVD ist im Internet erhältlich auf **http://gutenbergshop.abc.de**

MIX

Papier | Fördert
gute Waldnutzung

FSC® C083411

Zeitfracht Medien GmbH
Ferdinand-Jühlke-Straße 7
99095 Erfurt, Deutschland
produktsicherheit@kolibri360.de